AF309642

SECRETS & MYSTÈRES
DE LA COUR DE PRUSSE

C'est dans ses Mémoires — ce chef-d'œuvre inconnu redevenu d'actualité que Voltaire raconte la chronique scandaleuse de la Cour de Prusse, les mœurs déplorables du grand Frédéric, et dévoile les secrets de la politique du gouvernement prussien.

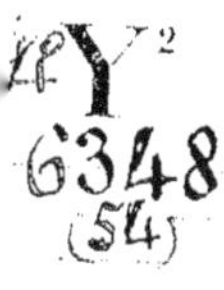

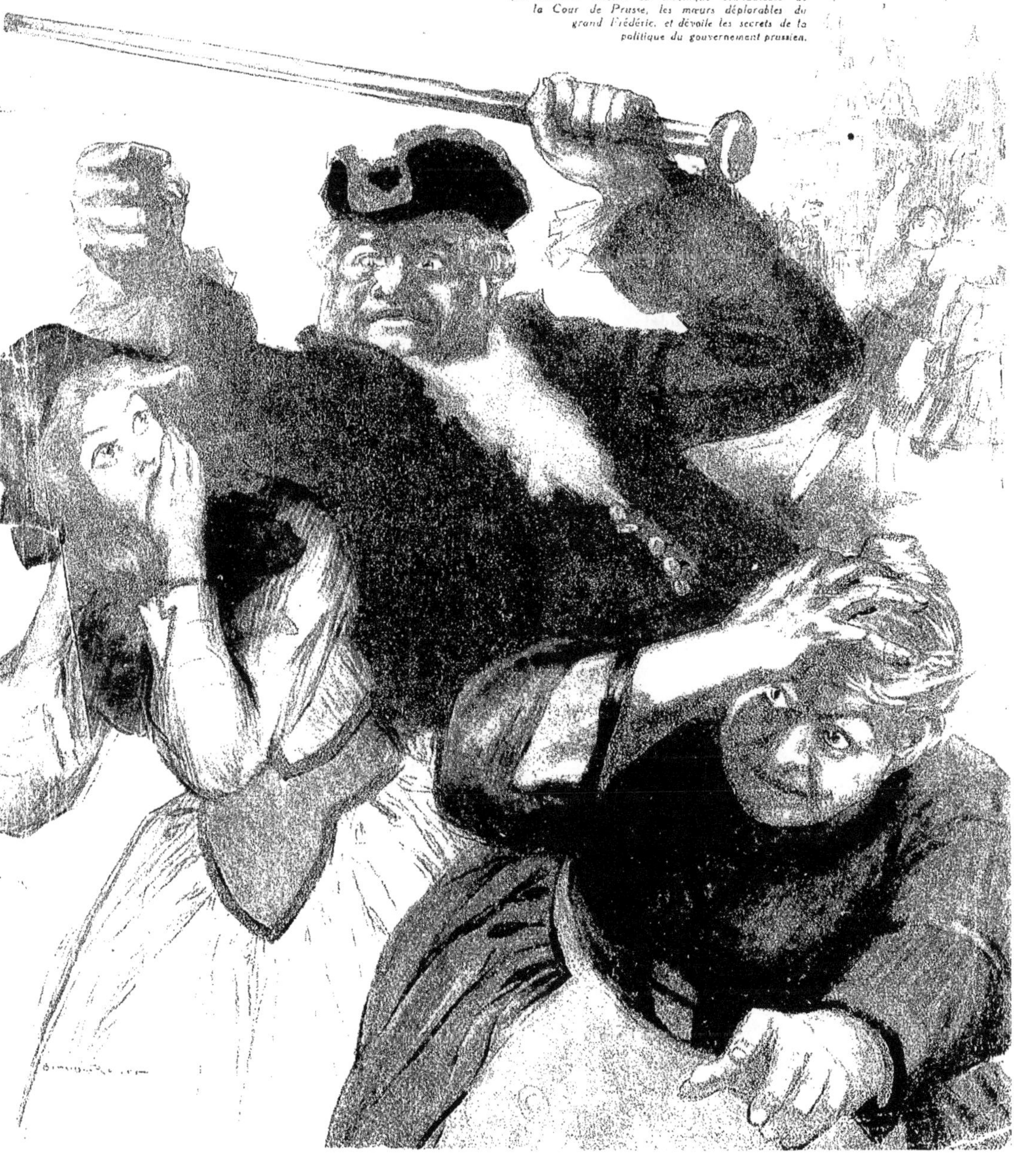

SECRETS ET MYSTÈRES
DE LA COUR DE PRUSSE

AVANT-PROPOS

D'ABORD publié à Amsterdam, en 1784, sous le titre de: La Vie privée du roi de Prusse, cet ouvrage se retrouve tout entier dans les éditions complètes des œuvres de Voltaire.

Macaulay disait de ces pages: « c'est le pamphlet le plus mordant qui ait jamais été écrit. »

La chronique scandaleuse de la cour de Prusse, les secrets et les mystères du palais de Potsdam, y sont dévoilés et racontés par un témoin, et quel témoin: Voltaire, l'auteur de Candide!

On sait que Voltaire avait été attiré auprès du roi de Prusse par des promesses de plus de liberté. En France, la Pompadour régnait, et Voltaire n'était pas dans ses bonnes grâces. A Potsdam, le philosophe libre-penseur avait trouvé un roi familier avec lequel il soupait presque chaque soir. Mais ce roi était un roi de race prussienne; et Voltaire ne tarda pas à s'en apercevoir.

La Mettrie ayant rapporté à Voltaire le propos que Frédéric II avait tenu sur lui: « J'en ai encore besoin pour revoir mes ouvrages; on suce l'orange, et on jette l'écorce, » Voltaire, à partir de ce jour, ne songea plus qu'à s'échapper et à laisser là sa clé de chambellan pour reprendre celle des champs. Il

prétexta que les eaux de Plombières lui étaient nécessaires. Le roi lui répondit qu'il y en avait d'aussi bonnes en Silésie. Enfin, il obtint la permission de retourner en France, mais il n'était pas au bout de ses persécutions: Frédéric l'accusa de lui avoir « volé » un de ses manuscrits et le fit arrêter à Francfort.

Echappé des griffes du roi de Prusse, Voltaire se vengea en écrivant les Mémoires sur la cour de Prusse, et l'opuscule qui lui fait suite: Les Matinées du roi de Prusse ou Entretiens sur l'art de régner, dont l'audacieux cynisme caractérise si bien la diplomatie prussienne.

Voltaire, là encore, arrache du souverain de race prussienne son masque d'hypocrisie et nous le montre, en le faisant parler lui-même, tel que doit être un souverain prussien « voleur de provinces, tyran cruel et sans mœurs, voilant sous le manteau du philosophe son mépris de l'humanité. »

A l'intérêt de ces pages peu connues d'un de nos plus grands écrivains, et d'un ordre littéraire qui les classe parmi les chefs-d'œuvre de notre langue, s'attache aujourd'hui une actualité qui leur donne une saveur nouvelle. — V. T.

LE ROI SERGENT

I. — Frédéric-Guillaume.

Voltaire raconte sa liaison avec Mme du Châtelet. — Deux ans de retraite studieuse et délicieuse. — Cirey, petit paradis des arts. — La mort du roi de Prusse Frédéric-Guillaume. — Son portrait. — C'était le type du véritable Vandale. — Les moyens qu'il employait pour accroître son trésor. — Il frappait les gens inoccupés qu'il rencontrait dans les rues de Berlin. — Son régiment de géants.

J'ÉTAIS las de la vie oisive et turbulente de Paris, de la foule des petits-maîtres, des mauvais livres imprimés avec approbation et privilège du roi, des cabales des gens de lettres, des bassesses et du brigandage des misérables qui déshonoraient la littérature.

Je trouvai, en 1733, une jeune dame qui pensait

à peu près comme moi, et qui prit la résolution d'aller passer plusieurs années à la campagne, pour y cultiver son esprit loin du tumulte du monde: c'était Mme la marquise du Châtelet, la femme de France qui avait le plus de disposition pour toutes les sciences.

Son père, le baron de Breteuil, lui avait fait apprendre le latin, qu'elle possédait comme Mme Dacier: elle savait par cœur les plus beaux morceaux d'Horace, de Virgile et de Lucrèce; tous les ouvrages philosophiques de Cicéron lui étaient familiers. Son goût dominant était pour la métaphysique.

On a rarement uni plus de justesse d'esprit et plus de goût avec plus d'ardeur de s'instruire; elle n'aimait pas moins le monde et tous les amusements de son âge et de son sexe.

Cependant elle quitta tout pour aller s'ensevelir dans un château délabré sur les frontières de la Champagne et de la Lorraine, dans un terrain très ingrat et très vilain. Elle embellit ce château qu'elle orna de jardins assez agréables.

J'y bâtis une galerie; j'y formai un très beau cabinet de physique. Nous eûmes une bibliothèque nombreuse.

Quelques savants vinrent philosopher dans notre retraite. Nous eûmes deux ans entiers le célèbre Kœnig, qui est mort professeur à La Haye et bibliothécaire de Mme la princesse d'Orange. Maupertuis, vint avec Jean Bernouilli; et dès lors Maupertuis, qui était né le plus jaloux des hommes, me prit pour l'objet de cette passion qui lui a été toujours très chère.

J'enseignai l'anglais à Mme du Châtelet, qui au bout de trois mois le sut aussi bien que moi, et qui lisait également Locke, Newton et Pope. Elle apprit l'italien aussi vite; nous lûmes ensemble tout le Tasse et tout l'Arioste. De sorte que quand Algarotti vint à Cirey, où il acheva son *Newtonianismo per le dame*, il la trouva assez savante dans sa langue pour lui donner de très bons avis dont il profita. Algarotti était un Vénitien fort aimable, fils d'un marchand fort riche; il voyageait dans toute l'Europe, savait un peu de tout et donnait à tout de la grâce.

Nous ne cherchions qu'à nous instruire dans cette délicieuse retraite, sans nous informer de ce qui se passait dans le reste du monde. Notre plus grande attention se tourna longtemps du côté de Leibnitz et de Newton.

Mme du Châtelet s'attacha d'abord à Leibnitz, et développa une partie de son système dans un livre très bien écrit, intitulé *Institutions de physique*. Elle ne chercha point à parer cette philosophie d'ornements étrangers; cette afféterie n'entrait point dans son caractère mâle et vrai. La clarté, la précision et l'élégance composaient son style.

Si jamais on a pu donner quelque vraisemblance aux idées de Leibnitz, c'est dans ce livre qu'il la faut chercher. Mais on commence aujourd'hui à ne plus s'embarrasser de ce que Leibnitz a pensé.

Née pour la vérité, elle abandonna bientôt les systèmes et s'attacha aux découvertes du grand Newton. Elle traduisit en français tout le livre des *Principes mathématiques*; et depuis, lorsqu'elle eut fortifié ses connaissances, elle ajouta à ce livre, que si peu de gens entendent, un commentaire algébrique qui n'est pas davantage à la portée du commun des lecteurs. M. Clairaut, l'un de nos meilleurs géomètres, a revu exactement ce commentaire. On en a commencé une édition; il n'est pas honorable pour notre siècle qu'elle n'ait pas été achevée.

Nous cultivions à Cirey tous les arts. J'y composai *Alzire, Mérope, l'Enfant prodigue, Mahomet*. Je travaillai pour elle à un *Essai sur l'Histoire générale* depuis Charlemagne jusqu'à nos jours: je choisis cette époque de Charlemagne, parce que c'est celle où Bossuet s'est arrêté, et que je n'osais toucher à ce qui avait été traité par ce grand homme.

Après avoir passé six années dans cette retraite, au milieu des sciences et des arts, il fallut que nous allassions à Bruxelles, où la maison du Châtelet avait depuis longtemps un procès considérable contre la maison de Honsbrouk. J'eus le bonheur d'y trouver un petit-fils de l'illustre et infortuné grand pensionnaire de Witt, qui était premier président de la Chambre des Comptes. Il avait une des plus belles bibliothèques de l'Europe, qui me servit beaucoup pour l'*Histoire générale*; mais j'eus à Bruxelles un bonheur plus rare et qui me fut plus sensible: j'accommodai le procès pour lequel les deux maisons se ruinaient en frais depuis soixante ans. Je fis avoir à M. le marquis du Châtelet deux cent vingt mille livres argent comptant, moyennant quoi tout fut terminé.

Lorsque j'étais encore à Bruxelles, en 1740, le gros roi de Prusse Frédéric-Guillaume, le moins endurant de tous les rois, sans contredit le plus économe et le plus riche en argent comptant, mourut à Berlin.

Son fils, qui s'est fait une réputation si singulière, entretenait un commerce assez régulier avec moi depuis plus de quatre années.

Il n'y a jamais eu peut-être au monde de père et de fils qui se ressemblassent moins que ces deux monarques.

Le père était un véritable vandale, qui dans tout son règne n'avait songé qu'à amasser de l'argent, et à entretenir à moins de frais qu'il se pouvait les plus belles troupes de l'Europe.

Jamais sujets ne furent plus pauvres que les siens, et jamais roi ne fut plus riche.

Il avait acheté à vil prix une grande partie des terres de sa noblesse, laquelle avait mangé bien vite le peu d'argent qu'elle en avait tiré, et la moitié de cet argent était rentrée encore dans les coffres du roi par les impôts sur la consommation.

Toutes les terres royales étaient affermées à des receveurs qui étaient en même temps exacteurs et juges; de façon que, quand un cultivateur n'avait pas payé au fermier à jour nommé, ce fermier prenait son habit de juge et condamnait le délinquant au double.

Il faut observer que, quand ce même juge ne payait pas le roi le dernier du mois, il était lui-même taxé au double le premier du mois suivant.

Un homme tuait-il un lièvre, ébranchait-il un arbre dans le voisinage des terres du roi, ou avait-il commis quelque autre faute, il fallait payer une amende.

Une fille faisait-elle un enfant, il fallait que la mère, ou le père, ou les parents donnassent de l'argent au roi pour la façon.

Mme la baronne de Kniphausen, la plus riche veuve de Berlin, c'est-à-dire qui possédait sept à huit mille livres de rente, fut accusée d'avoir mis au monde un sujet du roi dans la seconde année de son veuvage; le roi lui écrivit de sa main que, pour sauver son honneur, elle envoyât sur-le-champ trente mille livres à son trésor; elle fut obligée de les emprunter, et fut ruinée.

Il y avait un ministre à La Haye nommé Luiscius: c'était assurément de tous les ministres des têtes couronnées le plus mal payé; ce pauvre homme, pour se chauffer, fit couper quelques arbres dans le jardin d'Hons-Lardik, appartenant pour lors à la maison de Prusse; il reçut bientôt après des dépêches du roi son maître qui lui retenaient une année d'appointements.

Luiscius désespéré se coupa la gorge avec le seul rasoir qu'il eût: un vieux valet vint à son secours, et lui sauva malheureusement la vie.

J'ai retrouvé depuis Son Excellence à La Haye, et je lui ai fait l'aumône à la porte du palais nommé la *Vieille-Cour*, palais appartenant au roi de Prusse, et où ce pauvre ambassadeur avait demeuré douze ans.

Il faut avouer que la Turquie est une république en comparaison du despotisme exercé par Frédéric-Guillaume.

C'est par ces moyens qu'il parvint, en vingt-huit ans de règne, à entasser dans les caves de son palais de Berlin environ vingt millions d'écus bien enfermés dans des tonneaux garnis de cercles de fer.

Il se donna le plaisir de meubler tout le grand appartement du palais de gros effets d'argent massif, dans lesquels l'art ne surpassait pas la matière.

Il donna aussi à la reine sa femme, en compte,

un cabinet dont tous les meubles étaient d'or, jusqu'aux pommeaux des pelles et pincettes, et jusqu'aux cafetières.

***

Le monarque sortait à pied de ce palais, vêtu d'un méchant habit de drap bleu, à boutons de cuivre, qui lui venait à la moitié des cuisses; et, quand il achetait un habit neuf, il faisait servir ses vieux boutons.

C'est dans cet équipage que Sa Majesté, armée d'une grosse canne de sergent, faisait tous les jours la revue de son régiment de géants (1).

Ce régiment était son goût favori et sa plus grande dépense.

Le premier rang de sa compagnie était composé d'hommes dont le plus petit avait sept pieds de haut: il les faisait acheter aux bouts de l'Europe et de l'Asie.

J'en vis encore quelques-uns après sa mort.

Le roi son fils, qui aimait les beaux hommes, et non les grands hommes, avait mis ceux-ci chez la reine sa femme en qualité d'heiduques.

Je me souviens qu'ils accompagnèrent un vieux carrosse de parade qu'on envoya au-devant du marquis de Beauvau, qui vint complimenter le nouveau roi au mois de novembre 1740.

Le feu roi Frédéric-Guillaume, qui avait autrefois fait vendre tous les meubles magnifiques de son père, n'avait pu se défaire de cet énorme carrosse dédoré.

Les heiduques, qui étaient aux portières pour le soutenir en cas qu'il tombât, se donnaient la main par-dessus l'impériale.

Quand Frédéric-Guillaume avait fait sa revue, il allait se promener par la ville; tout le monde s'enfuyait au plus vite: s'il rencontrait une femme, il lui demandait pourquoi elle perdait son temps dans la rue:

« Va-t'en chez toi, gueuse; une honnête femme doit être dans son ménage. »

Et il accompagnait cette remontrance ou d'un bon soufflet, ou d'un coup de pied dans le ventre, ou de quelques coups de canne.

C'est ainsi qu'il traitait aussi les ministres du saint Evangile, quand il leur prenait envie d'aller voir la parade.

(1) Dans son cerveau d'ivrogne avare, il considérait qu'une armée de cent mille gaillards comme ceux-là serait un admirable et invincible instrument de rapines et de conquêtes. Après la recrue des géants, il fit donc la traite des géantes. Toutes les viragos du royaume, dit G. Le Nôtre, furent enlevées, comme des Sabines, par des racoleurs et mariées de force aux grands grenadiers. Cette lubie suscita, dans toute la Prusse, une terreur d'un nouveau genre et dans le reste de l'Europe un éclat de rire unanime. Des anecdotes grivoises circulèrent: on rapportait, par exemple, que certain matin, le Gros Guillaume, se promenant incognito aux environs de Potsdam, rencontra une grande et forte jeune fille qui marchait à bons pas vers la ville. Il griffonne rapidement un billet, arrête la passante, la prie de se charger du papier et de le remettre, en arrivant à Potsdam, au major commandant la place. La belle fille accepte le message dont, ne sachant point lire, elle ignore la teneur; mais comme la commission la détourne de son chemin, elle se débarrasse du billet et le confie, appuyée d'un groschen d'aumône à une pauvre vieille impotente et ratatinée qui mendie à la porte de l'église de la garnison et qui, à grandes enjambées de ses béquilles, va le porter à son adresse. Le major ouvre la lettre, en fait lecture, contemple la messagère d'un air stupide; l'écrit est ainsi conçu: « *Ordre d'accoupler immédiatement la femme qui remettra ce billet avec le tambour-majour du 1er régiment de ma garde.* » Et c'est signé: *Wilhelm, rex.* L'obéissance passive est une vertu militaire: l'officier n'hésite point; le tambour-major n'hésite pas davantage; — et l'ordre du roi est exécuté...

II. — Le cœur d'un roi de Prusse.

Comment le vandale Frédéric-Guillaume traitait son fils. — Le prince héritier s'enfuit. — Le roi le fait arrêter avec deux de ses amis. — Il essaie de jeter à coups de pied sa fille par la fenêtre. — Il fait fouetter par le bourreau, en place publique, la maîtresse de son fils. — Le prince héritier en prison à Custrin. — Son père l'oblige à assister à la décapitation de son ami Katt. — Sa tendresse pour son fils allait jusqu'à vouloir sa mort. — Comment il fut sauvé.

O N peut juger si ce vandale était étonné et fâché d'avoir un fils plein d'esprit, de grâces, de politesse et d'envie de plaire, qui cherchait à s'instruire et qui faisait de la musique et des vers.

Voyait-il un livre dans les mains du prince héréditaire, il le jetait au feu; le prince jouait-il de la flûte, le père cassait la flûte, et quelquefois traitait Son Altesse Royale comme il traitait les dames et les prédicants à la parade.

Le prince, lassé de toutes les attentions que son père avait pour lui, résolut un beau matin, en 1730, de s'enfuir, sans bien savoir encore s'il irait en Angleterre ou en France.

L'économie paternelle ne le mettait pas à portée de voyager comme le fils d'un fermier général ou d'un marchand anglais. Il emprunta quelques centaines de ducats.

Deux jeunes gens fort aimables, Katt et Keith, devaient l'accompagner.

Katt était le fils unique d'un brave officier général.

Keith était gendre de cette même baronne de Kniphausen à qui il en avait coûté dix mille écus pour faire des enfants.

Le jour et l'heure étaient déterminés; le père fut informé de tout: on arrêta en même temps le prince et ses deux compagnons de voyage.

Le roi crut d'abord que la princesse Guillelmine, sa fille, qui depuis a épousé le prince margrave de Baireuth, était du complot; et, comme il était très expéditif en fait de justice, il la jeta à coups de pied par une fenêtre qui s'ouvrait jusqu'au plancher.

La reine mère qui se trouva à cette exécution dans le temps que Guillelmine allait faire le saut, la retint à peine par ses jupes.

Il en resta à la princesse une contusion au-dessous du téton gauche, qu'elle a conservée toute sa vie comme une marque des sentiments paternels, et qu'elle m'a fait l'honneur de me montrer.

***

Le prince avait une espèce de maîtresse, fille d'un maître d'école de la ville de Brandebourg, établie à Potsdam.

Elle jouait du clavecin assez mal; le prince royal l'accompagnait de la flûte.

Il crut être amoureux d'elle, mais il se trompait; sa vocation n'était pas pour le sexe.

Cependant, comme il avait fait semblant de l'aimer, le père fit faire à cette demoiselle le tour de la place de Potsdam, conduite par le bourreau qui la fouettait sous les yeux de son fils.

Après l'avoir régalé de ce spectacle, il le fit transférer à la citadelle de Custrin située au milieu d'un marais.

C'est là qu'il fut enfermé six mois, sans domestiques, dans une espèce de cachot; et, au bout de six mois, on lui donna un soldat pour le servir.

Ce soldat, jeune, beau, bien fait, et qui jouait de la flûte, servit en plus d'une manière à amuser le prisonnier.

Tant de belles qualités ont fait depuis sa fortune.

Je l'ai vu à la fois valet de chambre et premier ministre, avec toute l'insolence que ces deux postes peuvent inspirer.

*

Le prince était depuis quelques semaines dans son château de Custrin, lorsqu'un vieil officier, suivi de quatre grenadiers entra dans sa chambre, fondant en larmes.

Frédéric ne douta pas qu'on ne vînt lui couper le cou.

Mais l'officier, toujours pleurant, le fit prendre par les quatre grenadiers qui le placèrent à la fenêtre, et qui lui tinrent la tête, tandis qu'on coupait celle de son ami Katt sur un échafaud dressé immédiatement sous la croisée.

Il tendit la main à Katt et s'évanouit.

Le père était présent à ce spectacle comme il l'avait été à celui de la fille fouettée.

Quant à Keith, l'autre confident, il s'enfuit en Hollande: il ne fut manqué que d'une minute, et s'embarqua pour le Portugal, où il demeura jusqu'à la mort du clément Frédéric-Guillaume.

*

Le roi n'en voulait pas demeurer là.

Son dessein était de faire couper la tête à son fils.

Il considérait qu'il avait trois autres garçons dont aucun ne faisait des vers, et que c'était assez pour la grandeur de la Prusse.

Les mesures étaient déjà prises pour faire condamner le prince royal à la mort, comme l'avait été le czarowitz, fils aîné du czar Pierre Ier.

Il ne paraît pas bien décidé par les lois divines et humaines qu'un jeune homme doive avoir le cou coupé pour avoir voulu voyager.

Mais le roi avait trouvé à Berlin des juges aussi habiles que ceux de Russie. En tout cas, son autorité paternelle aurait suffi.

L'empereur Charles VI, qui prétendait que le prince royal, comme prince de l'Empire, ne pouvait être jugé à mort que dans une diète, envoya le comte de Seckendorff au père pour lui faire les plus sérieuses remontrances.

Le comte de Seckendorff, que j'ai vu depuis en Saxe, où il s'est retiré, m'a juré qu'il avait eu beaucoup de peine à obtenir qu'on ne tranchât pas la tête au prince.

C'est ce même Seckendorff qui a commandé les armées de Bavière, et dont le prince, devenu roi de Prusse, fait un portrait affreux dans l'histoire de son père, qu'il a insérée dans une trentaine d'exemplaires des *Mémoires de Brandebourg*.

Après cela servez les princes et empêchez qu'on ne leur coupe la tête.

Au bout de dix-huit mois, les sollicitations de l'empereur et les larmes de la reine de Prusse obtinrent la liberté du prince héréditaire, qui se mit à faire des vers et de la musique plus que jamais.

Il lisait Leibnitz, et même Wolf, qu'il appelait un compilateur de fatras, et il donnait tant qu'il pouvait dans toutes les sciences à la fois.

*

III. — Frédéric II, avec de faux papiers, visite Strasbourg.

Le prince héritier occupe ses loisirs. — Il correspond avec Voltaire. — Il lui dépêche un de ses favoris à Cirey. — Une flatterie de Voltaire. — Le prince héritier monte sur le trône et prend le nom de Frédéric II. — Il envoie en ambassade extraordinaire un maréchal à la cour de France. — Présent qu'il est chargé d'offrir à Voltaire. — Frédéric II visite incognito Strasbourg en se fabriquant de faux papiers.

COMME son père lui accordait peu de part aux affaires, et que même il n'y avait point d'affaires dans ce pays, où tout consistait en revues, il employa son loisir à écrire aux gens de lettres de France qui étaient un peu connus dans le monde.

Le principal fardeau tomba sur moi.

C'étaient des lettres en vers; c'étaient des traités de métaphysique, d'histoire, de politique. Il me traitait d'homme divin; je le traitais de Salomon.

Les épithètes ne nous coûtaient rien.

On a imprimé quelques-unes de ces fadaises dans le recueil de mes œuvres; et heureusement on n'en a pas imprimé la trentième partie.

Je pris la liberté de lui envoyer une très belle écritoire de Martin; il eut la bonté de me faire présent de quelques colifichets d'ambre. Et les beaux esprits des cafés de Paris s'imaginèrent avec horreur que ma fortune était faite.

Un jeune Courlandais, nommé Keyserlingk, qui faisait aussi des vers français tant bien que mal, et qui en conséquence était son favori, nous fut dépêché à Cirey des frontières de la Poméranie.

Nous lui donnâmes une petite fête: je fis une belle illumination, dont les lumières dessinaient les chiffres et le nom du prince royal, avec cette devise: *L'espérance du genre humain*.

Pour moi, si j'avais voulu concevoir des espérances personnelles, j'en étais très en droit: car on m'écrivait *Mon cher ami*, et on me parlait souvent, dans les dépêches, des marques solides d'amitié qu'on me destinait quand on serait sur le trône.

Il y monta enfin lorsque j'étais à Bruxelles; et il commença par envoyer en France, en ambassade extraordinaire, un manchot nommé Camas, ci-devant français réfugié, et alors officier dans ses troupes.

Il disait qu'il y avait un ministre de France à Berlin à qui il manquait une main, et que, pour s'acquitter de tout ce qu'il devait au roi de France, il lui envoyait un ambassadeur qui n'avait qu'un bras.

Camas, en arrivant au cabaret, me dépêcha un jeune homme, qu'il avait fait son page, pour me dire qu'il était trop fatigué pour venir chez moi; qu'il me priait de me rendre chez lui sur l'heure, et qu'il avait le plus grand et le plus magnifique présent à me faire de la part du roi son maître.

« Courez vite, dit Mme du Châtelet; on vous envoie sûrement les diamants de la couronne. »

Je courus, je trouvai l'ambassadeur, qui, pour toute valise, avait derrière sa chaise un quartaut de vin de la cave du feu roi, que le roi régnant m'ordonnait de boire.

Je m'épuisai en protestations d'étonnement et de reconnaissance sur les marques liquides des bontés de Sa Majesté, substituées aux solides dont elle m'avait flatté, et je partageai le quartaut avec Camas.

✻✻

Mon Salomon était alors à Strasbourg. La fantaisie lui avait pris, en visitant ses longs et étroits États qui allaient depuis Gueldre jusqu'à la mer Baltique, de voir *incognito* les frontières et les troupes de France.

Il se donna ce plaisir dans Strasbourg, sous le nom du comte du Four, riche seigneur de Bohême. Son frère, le prince royal, qui l'accompagnait, avait pris aussi un nom de guerre; et Algarotti, qui s'était attaché à lui, était le seul qui ne fût pas en masque. Le roi m'envoya à Bruxelles une relation de son voyage, moitié prose et moitié vers, dans un goût approchant de Bachaumont et de Chapelle, c'est-à-dire autant qu'un roi de Prusse peut en approcher. Voici quelques endroits de sa lettre:

« Après des chemins affreux, nous avons trouvé des gîtes plus affreux encore.

> Car des hôtes intéressés,
> De la faim nous voyant pressés,
> D'une façon plus que frugale,
> Dans une chaumière infernale,
> En nous empoisonnant nous volaient nos écus.
> O siècle différent du temps de Lucullus!

« Des chemins affreux; mal nourris, mal abreuvés; ce n'était pas tout: nous essuyâmes encore bien des accidents; et il faut assurément que notre équipage ait un air bien singulier, puisqu'en chaque endroit où nous passions on nous prit pour quelque chose d'autre.

> Les uns nous prenaient pour des rois;
> D'autres, pour des filous courtois;
> D'autres, pour gens de connaissance.
> Parfois le peuple s'attroupait,
> Entre les yeux nous regardait
> En badauds curieux remplis d'impertinence.

« Le maître de la poste de Kehl nous ayant assurés qu'il n'y avait point de salut sans passeport, et voyant que le cas nous mettait dans la nécessité absolue d'en faire nous-mêmes, ou de ne point entrer à Strasbourg, il fallut prendre le premier parti; à quoi les armes prussiennes que j'avais sur mon cachet nous secondèrent merveilleusement.

« Nous arrivâmes à Strasbourg, et le corsaire de la douane et le visiteur parurent contents de nos preuves.

> Ces scélérats nous épiaient;
> D'un œil le passeport lisaient,
> De l'autre lorgnaient notre bourse.
> L'or, qui toujours fut de ressource,
> Par lequel Jupin jouissait
> De Danaé qu'il caressait;
> L'or par qui César gouvernait
> Le monde heureux sous son empire;
> L'or plus dieu que Mars et l'Amour;
> Ce même or sut nous introduire
> Le soir dans les murs de Strasbourg. »

On voit par cette lettre qu'il n'était pas encore devenu le meilleur de nos poètes, et que sa philosophie ne regardait pas avec indifférence le métal dont son père avait fait provision.

IV. — Le roi de Prusse en déshabillé.

Frédéric II en Belgique. — Voltaire va le voir au château de Meuse. — Un ministre d'État prussien. — Le roi en robe de chambre. — Un souper de fortes têtes. — Comment le roi extorqua à la ville de Liège un million de ducats. — Frédéric II, Voltaire et Machiavel. — Le roi regardait toute usurpation comme un crime » et préparait déjà en secret son armée et l'invasion de la Silésie. — Il propose à Voltaire de venir à Berlin. — Il n'aimait pas les femmes.

✻

DE Strasbourg il alla voir ses États de la Basse-Allemagne, et me manda qu'il viendrait incognito me voir à Bruxelles.

Nous lui préparâmes une belle maison; mais, étant tombé malade dans le petit château de Meuse, à deux lieues de Clèves, il m'écrivit qu'il comptait que je ferais les avances.

J'allai donc lui présenter mes hommages.

Maupertuis, qui avait déjà ses vues et qui était possédé de la rage d'être président d'une académie, s'était présenté de lui-même et logeait avec Algarotti et Keyserlingk dans un grenier de ce palais.

Je trouvai à la porte de la cour un soldat pour toute garde.

Le conseiller privé Rambonet, ministre d'État, se promenait dans la cour en soufflant dans ses doigts. Il portait de grandes manchettes de toile, sales, un chapeau troué, une vieille perruque de magistrat, dont un côté entrait dans une de ses poches et l'autre passait à peine l'épaule.

On me dit que cet homme était chargé d'une affaire d'État importante; et cela était vrai.

Je fus conduit dans l'appartement de Sa Majesté. Il n'y avait que les quatre murailles.

J'aperçus dans un cabinet, à la lueur d'une bougie, un petit grabat de deux pieds et demi de large, sur lequel était un petit homme affublé d'une robe de chambre de gros drap bleu: c'était le roi, qui suait et qui tremblait sous une méchante couverture, dans un accès de fièvre violent.

Je lui fis la révérence, et commençai la connaissance par lui tâter le pouls, comme si j'avais été son premier médecin. L'accès passé, il s'habilla et se mit à table. Algarotti, Keyserlingk, Maupertuis, et le ministre du roi auprès des Etats-Généraux, nous fûmes du souper, où l'on traita à fond de l'immortalité de l'âme, de la liberté et des androgynes de Platon.

Le conseiller Rambonet était, pendant ce temps-là, monté sur un cheval de louage; il alla toute la nuit, et, le lendemain, arriva aux portes de Liége, où il instrumenta au nom du roi son maître, tandis que deux mille hommes des troupes de Wésel, mettaient la ville de Liége à contribution.

Cette belle expédition avait pour prétexte quelques droits que le roi prétendait sur un faubourg.

Il me chargea même de travailler à un manifeste, et j'en fis un, tant bon que mauvais, ne doutant pas qu'un roi avec qui je soupais et qui m'appelait son ami ne dût avoir toujours raison.

L'affaire s'accommoda bientôt, moyennant un million qu'il exigea en ducats de poids, et qui servirent à l'indemniser des frais de son voyage de Strasbourg, dont il s'était plaint dans sa poétique lettre.

*
* *

Je ne laissai pas de me sentir attaché à lui, car il avait de l'esprit, des grâces, et, de plus, il était roi, ce qui fait toujours une grande séduction, attendu la faiblesse humaine. D'ordinaire ce sont nous autres gens de lettres qui flattons les rois; celui-là me louait depuis les pieds jusqu'à la tête tandis que l'abbé Desfontaines et d'autres gredins me diffamaient dans Paris, au moins une fois par semaine.

Le roi de Prusse, quelque temps avant la mort de son père, s'était avisé d'écrire contre les principes de Machiavel.

Si Machiavel avait eu un prince pour disciple, la première chose qu'il lui eût recommandée aurait été d'écrire contre lui.

Mais le prince royal n'y avait pas entendu tant de finesse. Il avait écrit de bonne foi dans le temps qu'il n'était pas encore souverain, et que son père ne lui faisait pas aimer le pouvoir despotique.

Il louait alors de tout son cœur la modération, la justice, et, dans son enthousiasme, il regardait toute usurpation comme un crime.

Il m'avait envoyé son manuscrit à Bruxelles, pour le corriger et le faire imprimer; et j'en avais déjà fait présent à un libraire de Hollande, nommé Van Duren, le plus insigne fripon de son espèce.

Il me vint enfin un remords de faire imprimer l'Anti-Machiavel, tandis que le roi de Prusse, qui avait cent millions dans ses coffres, en prenait un aux pauvres Liégeois par la main du conseiller Rambonet.

Je jugeai que mon Salomon ne s'en tiendrait pas là.

Son père lui avait laissé soixante et six mille quatre cents hommes complets d'excellentes troupes; il les augmentait et paraissait avoir envie de s'en servir à la première occasion.

Je lui représentai qu'il n'était peut-être pas convenable d'imprimer son livre précisément dans le temps même qu'on pourrait lui reprocher d'en violer les préceptes. Il me permit d'arrêter l'édition. J'allai en Hollande uniquement pour lui rendre ce petit service; mais le libraire demanda tant d'argent que le roi, qui d'ailleurs n'était pas fâché dans le fond du cœur d'être imprimé, aima mieux l'être pour rien que de payer pour ne l'être pas.

Lorsque j'étais en Hollande, occupé de cette besogne, l'empereur Charles VI mourut, au mois d'octobre 1740, d'une indigestion de champignons qui lui causa une apoplexie; et ce plat de champignons changea la destinée de l'Europe.

Il parut bientôt que Frédéric II, roi de Prusse, n'était pas aussi ennemi de Machiavel que le prince royal avait paru l'être.

Quoiqu'il roulât déjà dans sa tête le projet de son invasion en Silésie, il ne m'appela pas moins à sa cour.

Je lui avais déjà signifié que je ne pouvais m'établir auprès de lui, que je devais préférer l'amitié à l'ambition, que j'étais attaché à Mme du Châtelet, et que, philosophe pour philosophe, j'aimais mieux une dame qu'un roi.

Il approuvait cette liberté, quoiqu'il n'aimât pas les femmes.

V. — « La France est l'ennemie naturelle de l'Allemagne », disait Frédéric II.

Voltaire part pour Berlin. — Frédéic II regardait déjà la France comme « l'ennemie héréditaire. » — A la conquête de la Silésie. — La tactique prussienne était ce qu'elle est aujourd'hui. — Le marché offert à l'Autriche. — Résistance de Marie-Thérèse. — A la bataille de Molwitz, le roi de Prusse s'enfuit. — Maupertuis obligé de le suivre sur un âne est pris et dépouillé par les housards. — L'infanterie prussienne sauve le roi en gagnant la bataille. — L'ingratitude de Frédéric II.

J'ALLAI lui faire ma cour au mois d'octobre. Le cardinal de Fleury m'écrivit une longue lettre pleine d'éloges pour l'Anti-Machiavel et pour l'auteur; je ne manquai pas de la lui montrer.

Il rassemblait déjà ses troupes, sans qu'aucun de ses généraux ni de ses ministres pût pénétrer son dessein.

Le marquis de Beauvau, envoyé auprès de lui pour le complimenter, croyait qu'il allait se déclarer contre la France en faveur de Marie-Thérèse, reine de Hongrie et de Bohême, fille de Charles VI; qu'il voulait appuyer l'élection à l'Empire de François de Lorraine, grand-duc de Toscane, époux de cette reine; qu'il pouvait y trouver de grands avantages.

Je devais croire plus que personne qu'en effet le nouveau roi de Prusse allait prendre ce parti, car il m'avait envoyé, trois mois auparavant, un écrit politique de sa façon, dans lequel *il regardait la France comme l'ennemie naturelle et la déprédatrice de l'Allemagne.*

Mais il était dans sa nature de faire toujours le contraire de ce qu'il disait et de ce qu'il écrivait, non par dissimulation, mais parce qu'il écrivait et parlait dans une espèce d'enthousiasme, et agissait ensuite avec une autre.

Il partit au 15 de décembre, avec la fièvre quarte, pour la conquête de la Silésie, à la tête de trente mille combattants bien pourvus de tout et bien disciplinés; il dit au marquis de Beauvau, en montant à cheval: « Je vais jouer votre jeu; si les as me viennent, nous partagerons. »

Il a écrit depuis l'histoire de cette conquête; il me l'a montrée tout entière.

Voici un des articles curieux du début de ces anmales; j'eus soin de le transcrire de préférence, comme un monument unique.

« Que l'on joigne à ces considérations *des troupes toujours prêtes d'agir, mon épargne bien remplie, et la vivacité de mon caractère*: c'étaient les raisons que j'avais de faire la guerre à Marie-Thérèse, reine de Bohême et de Hongrie. » Et, quelques lignes ensuite, il y avait ces propres mots: « *L'ambition, l'intérêt, le désir de faire parler de moi, l'emportèrent; et la guerre fut résolue.* »

⁂

Depuis qu'il y a des conquérants ou des esprits ardents qui ont voulu l'être, je crois qu'il est le premier qui se soit rendu justice.

Jamais homme peut-être n'a plus senti la raison, et n'a plus écouté ses passions.

Ces assemblages de philosophie et de dérèglements d'imagination ont toujours composé son caractère.

C'est dommage que je lui aie fait retrancher ce passage quand je corrigeai depuis tous ses ouvrages: un aveu si rare devait passer à la postérité, et servir à faire voir sur quoi sont fondées presque toutes les guerres.

Nous autres gens de lettres, poètes, historiens, déclamateurs d'académie, nous célébrons ces beaux exploits: et voilà un roi qui les fait, et qui les condamne.

Ses troupes étaient déjà en Silésie quand le baron de Gotter, son ministre à Vienne, fit à Marie-Thérèse la proposition incivile de céder de bonne grâce au roi électeur son maître les trois quarts de cette province, moyennant quoi le roi de Prusse lui prêterait trois millions d'écus, et ferait son mari empereur.

Marie-Thérèse n'avait alors ni troupes, ni argent, ni crédit; et cependant elle fut inflexible.

Elle aima mieux risquer de tout perdre que de fléchir sous un prince qu'elle ne regardait que comme le vassal de ses ancêtres, et à qui l'empereur son père avait sauvé la vie.

Ses généraux rassemblèrent à peine vingt mille hommes; son maréchal Neipperg, qui les commandait, força le roi de Prusse de recevoir la bataille sous les murs de Neisse, à Molwitz.

La cavalerie prussienne fut d'abord mise en déroute par la cavalerie autrichienne; et, dès le premier choc, le roi, qui n'était pas encore accoutumé à voir des batailles, s'enfuit jusqu'à Oppeln, à douze grandes lieues du champ où l'on se battait.

Maupertuis, qui avait cru faire une grande fortune, s'était mis à sa suite dans cette campagne, s'imaginant que le roi lui ferait au moins fournir un cheval.

Ce n'était pas la coutume du roi.

Maupertuis acheta un âne deux ducats, le jour de l'action, et se mit à suivre Sa Majesté, sur son âne, du mieux qu'il put.

Sa monture ne put fournir la course; il fut pris et dépouillé par les housards.

Frédéric passa la nuit couché sur un grabat dans un cabaret de village près de Ratibor, sur les confins de la Pologne.

Il était désespéré, et se croyait réduit à traverser la moitié de la Pologne pour rentrer dans le nord de ses Etats, lorsqu'un de ses chasseurs arriva du camp de Molwitz, et lui annonça qu'il avait gagné la bataille.

Cette nouvelle lui fut confirmée un quart d'heure après par un aide de camp.

La nouvelle était vraie

Si la cavalerie prussienne était mauvaise, l'infanterie était la meilleure de l'Europe.

Elle avait été disciplinée pendant trente ans par le vieux prince d'Anhalt.

Le maréchal de Schwerin, qui la commandait, était un élève de Charles XII; il gagna la bataille aussitôt que le roi de Prusse se fut enfui.

Le monarque revint le lendemain, et le général vainqueur fut à peu près disgracié.

VI. — Mission secrète à la cour de Prusse.

Voltaire retourne en France. — Il est le premier qui emploie un langage intelligible pour vulgariser les écrits scientifiques. — Nous ne savons rien de nous-mêmes, nous sommes des aveugles qui marchons à tâtons. — Déluge de calomnies. — Le gouvernement de la France dans les mains débiles du cardinal de Fleury. — Le roi de Prusse victorieux de l'Autriche est à l'apogée de son règne. — Il embellit Berlin, s'entoure de beaux esprits. Lacédémone devient Athènes. — La Prusse prospérait tandis que la France déclinait. — Détails intimes sur le cardinal de Fleury. — Pourquoi Voltaire ne le remplaça pas à l'Académie. — Voltaire est envoyé chez le roi de Prusse pour sonder ses intentions. — Sa façon de pratiquer l'espionnage.

JE retournai philosopher dans la retraite de Cirey.

Je passais les hivers à Paris où j'avais une foule d'ennemis: car, m'étant avisé d'écrire, longtemps auparavant, l'*Histoire de Charles XII*, de donner plusieurs pièces de théâtre, de faire même un poème épique, j'avais, comme de raison, pour persécuteurs tous ceux qui se mêlaient de vers et de prose. Et, comme j'avais même poussé la hardiesse jusqu'à écrire sur la philosophie, il fallait bien que les gens qu'on appelle *dévots* me traitassent d'athée, selon l'ancien usage.

J'avais été le premier qui eût osé développer à ma nation les découvertes de Newton en langage intelligible.

Les préjugés cartésiens, qui avaient succédé en France aux préjugés péripatéticiens, étaient alors tellement enracinés que le chancelier d'Aguesseau regardait comme un homme ennemi de la raison et de l'Etat quiconque adoptait des découvertes faites en Angleterre. Il ne voulut jamais donner de privilège pour l'impression des *Eléments de la Philosophie de Newton*.

J'étais grand admirateur de Locke: je le regardais comme le seul métaphysicien raisonnable; je louai surtout cette retenue si nouvelle, si sage en même temps et si hardie, avec laquelle il dit que nous n'en saurons jamais assez par les lumières de notre raison pour affirmer que Dieu ne peut accorder le don du sentiment et de la pensée à l'être appelé *matière*.

On ne peut concevoir avec quel acharnement et avec quelle intrépidité d'ignorance on se déchaîna contre moi sur cet article.

Le sentiment de Locke n'avait point fait de bruit en France auparavant, parce que les docteurs lisaient saint Thomas et Quesnel, et que le gros du monde lisait des romans.

Lorsque j'eus loué Locke, on cria contre lui et contre moi. Les pauvres gens qui s'emportaient dans cette dispute ne savaient sûrement ni ce que c'est que la *matière*, ni ce que c'est que l'*esprit*.

Le fait est que nous ne savons rien de nous-mêmes, que nous avons le mouvement, la vie, le sentiment et la pensée sans savoir comment; que les éléments de la matière nous sont aussi inconnus que le reste; que nous sommes des aveugles qui marchons et raisonnons à tâtons, et que Locke a été très sage en avouant que ce n'est pas à nous à décider de ce que le Tout-Puissant ne peut pas faire.

Cela, joint à quelques succès de mes pièces de théâtre, m'attira une bibliothèque immense de brochures dans lesquelles on prouvait que j'étais un mauvais poète, athée, et fils d'un paysan.

On imprima l'histoire de ma vie, dans laquelle on me donna cette belle généalogie.

Un Allemand n'a pas manqué de ramasser tous les contes de cette espèce, dont on avait farci les libelles qu'on imprimait contre moi. On m'imputait des aventures avec des personnes que je n'avais jamais connues, et avec d'autres qui n'avaient jamais existé.

Je trouve, en écrivant ceci, une lettre de M. le maréchal de Richelieu, qui me donnait avis d'un gros libelle où il était prouvé que sa femme m'avait donné un beau carrosse, et quelque autre chose, dans le temps qu'il n'avait point de femme. Je m'étais d'abord donné le plaisir de faire un recueil de ces calomnies; mais elles se multiplièrent au point que j'y renonçai.

C'était là tout le fruit que j'avais tiré de mes travaux. Je m'en consolais aisément, tantôt dans la retraite de Cirey, et tantôt dans la bonne compagnie de Paris.

✻
✻✻

Tandis que les excréments de la littérature me faisaient la guerre, la France la faisait à la reine de Hongrie, et il faut avouer que cette guerre n'était pas juste: car, après avoir solennellement stipulé, garanti, juré la pragmatique sanction de l'empereur Charles VI, et la succession de Marie-Thérèse à l'héritage de son père; après avoir eu la Lorraine pour prix de ces promesses, il ne paraissait pas trop conforme au droit des gens de manquer à un tel engagement.

On entraîna le cardinal de Fleury hors de ces mesures. Il ne pouvait pas dire, comme le roi de Prusse, que c'était la vivacité de son tempérament qui lui faisait prendre les armes.

Cet heureux prêtre régnait à l'âge de quatre-vingt-six ans, et tenait les rênes de l'État d'une main très faible.

On s'était uni avec le roi de Prusse dans le temps qu'il prenait la Silésie; on avait envoyé en Allemagne deux armées pendant que Marie-Thérèse n'en avait point.

L'une de ces armées avait pénétré jusqu'à cinq lieues de Vienne sans trouver d'ennemis: on avait donné la Bohême à l'électeur de Bavière, qui fut élu empereur, après avoir été nommé lieutenant général des armées du roi de France. Mais on fit bientôt toutes les fautes qu'il fallait pour tout perdre.

Le roi de Prusse ayant, pendant ce temps-là, mûri son courage et gagné des batailles, faisait sa paix avec les Autrichiens.

Marie lui abandonna, à son très grand regret, le comté de Glatz avec la Silésie. S'étant détaché de la France sans ménagement, à ces conditions, au mois de juin 1742, il me manda qu'il s'était mis dans les

remèdes, et qu'il conseillait aux autres malades de se rétablir.

Ce prince se voyait alors au comble de sa puissance, ayant à ses ordres cent trente mille hommes de troupes victorieuses, dont il avait formé la cavalerie, tirant de la Silésie le double de ce qu'elle avait produit à la maison d'Autriche, affermi dans sa nouvelle conquête, et d'autant plus heureux que toutes les autres puissances souffraient.

Les princes se ruinent aujourd'hui par la guerre; il s'y était enrichi.

Ses soins se tournèrent alors à embellir la ville de Berlin, à bâtir une des plus belles salles d'opéra qui soient en Europe, à faire venir des artistes en tout genre: car il voulait aller à la gloire par tous les chemins et au meilleur marché possible.

✻
✻✻

Son père avait logé à Potsdam dans une vilaine maison; il en fit un palais.

Potsdam devint une jolie ville.

Berlin s'agrandissait; on commençait à y connaître les douceurs de la vie que le feu roi avait très négligées: quelques personnes avaient des meubles; la plupart même portaient des chemises: car sous le règne précédent on ne connaissait guère que des devants de chemise qu'on attachait avec des cordons; et le roi régnant n'avait pas été élevé autrement.

Les choses changeaient à vue d'œil; Lacédémone devenait Athènes.

Des déserts furent défrichés, cent trois villages furent formés dans des marais desséchés.

Il n'en faisait pas moins de la musique et des livres: ainsi il ne fallait pas me savoir mauvais gré de l'appeler le Salomon du Nord.

Je lui donnais dans mes lettres ce sobriquet, qui lui demeura longtemps.

Les affaires de la France n'étaient pas alors si bonnes que les siennes.

Il jouissait du plaisir secret de voir les Français périr en Allemagne, après que leur diversion lui avait valu la Silésie.

La cour de France perdait ses troupes, son argent, sa gloire et son crédit, pour avoir fait Charles VII empereur; et cet empereur perdait tout, pour avoir cru que les Français le soutiendraient.

✻
✻✻

Le cardinal de Fleury mourut le 29 de janvier 1743, âgé de quatre-vingt-dix ans: jamais personne n'était parvenu plus tard au ministère, et jamais ministre n'avait gardé sa place plus longtemps. Il commença sa fortune, à l'âge de soixante-treize ans, par être roi de France, et le fut jusqu'à sa mort sans contradiction; affectant toujours la plus grande modestie, n'amassant aucun bien, n'ayant aucun faste, et se bornant uniquement à régner. Il laissa la réputation d'un esprit fin et aimable plutôt que d'un génie, et passa pour avoir mieux connu la cour que l'Europe.

J'avais eu l'honneur de le voir beaucoup chez Mme la maréchale de Villars, quand il n'était qu'ancien évêque de la petite vilaine ville de Fréjus, dont il s'était toujours intitulé *évêque par l'indignation divine*, comme on le voit dans quelques-unes de ses lettres. Fréjus était une très laide femme qu'il avait répudiée le plus tôt qu'il avait pu.

Le maréchal de Villeroi, qui ne savait pas que l'évêque avait été longtemps l'amant de la maréchale sa femme, le fit nommer par Louis XIV précepteur de Louis XV; de précepteur il devint premier ministre, et ne manqua pas de contribuer à l'exil du maréchal, son bienfaiteur.

C'était, à l'ingratitude près, un assez bon homme.

Mais, comme il n'avait aucun talent, il écartait tous ceux qui en avaient, dans quelque genre que ce pût être.

Plusieurs académiciens voulurent que j'eusse sa place à l'Académie française. On demanda, au souper du roi, qui prononcerait l'oraison funèbre du cardinal à l'Académie.

Le roi répondit que ce serait moi.

Sa maîtresse, la duchesse de Châteauroux, le voulait; mais le comte de Maurepas, secrétaire d'État, ne le voulut point.

Il avait la manie de se brouiller avec toutes les maîtresses de son maître, et il s'en est trouvé mal.

Un vieil imbécile, précepteur du dauphin, autrefois théatin, et depuis évêque de Mirepoix, nommé Boyer, se chargea, par principe de conscience, de seconder le caprice de M. de Maurepas.

Ce Boyer avait la feuille des bénéfices; le roi lui abandonnait toutes les affaires du clergé: il traita celle-ci comme un point de discipline ecclésiastique. Il représenta que c'était offenser Dieu qu'un profane comme moi succédât à un cardinal.

Je savais que M. de Maurepas le faisait agir; j'allai trouver ce ministre; je lui dis: « Une place à l'Académie n'est pas une dignité bien importante; mais, après avoir été nommé, il est triste d'être exclu. Vous êtes brouillé avec Mme de Châteauroux, que le roi aime, et avec M. le duc de Richelieu, qui la gouverne; quel rapport y a-t-il, je vous prie, de vos brouillements avec une pauvre place à l'Académie française? Je vous conjure de me répondre franchement: en cas que Mme de Châteauroux l'emporte sur monsieur l'évêque de Mirepoix, vous y opposerez-vous?... »

Il se recueillit un moment et me dit: *Oui, et je vous écraserai*.

Le prêtre enfin l'emporta sur la maîtresse et je n'eus pas une place dont je ne me souciais guère.

J'aime à me rappeler cette aventure qui fait voir les petitesses de ceux qu'on appelle les grands, et qui marque combien les bagatelles sont quelquefois importantes pour eux.

***

Cependant les affaires publiques n'allaient pas mieux depuis la mort du cardinal que dans ses deux dernières années.

La maison d'Autriche renaissait de sa cendre.

La France était pressée par elle et par l'Angleterre.

Il ne nous restait alors d'autre ressource que dans le roi de Prusse, qui nous avait entraînés dans la guerre et qui nous avait abandonnés au besoin.

On imagina de m'envoyer secrètement chez ce monarque pour sonder ses intentions, pour voir s'il ne serait pas d'humeur à prévenir les orages qui devaient tomber tôt ou tard de Vienne sur lui, après avoir tombé sur nous, et s'il ne voudrait pas nous prêter cent mille hommes, dans l'occasion, pour mieux assurer sa Silésie.

Cette idée était tombée dans la tête de M. de Richelieu et de Mme de Châteauroux.

Le roi l'adopta, et M. Amelot, ministre des affaires étrangères, mais ministre très subalterne, fut chargé seulement de presser mon départ.

Il fallait un prétexte.

Je pris celui de ma querelle avec l'ancien évêque Mirepoix. Le roi approuva cet expédient.

J'écrivis au roi de Prusse que je ne pouvais plus tenir aux persécutions de ce théatin, et que j'allais me réfugier auprès d'un roi philosophe, loin des tracasseries d'un bigot.

Comme ce prélat signait toujours l'*anc. évêq. de Mirepoix*, en abrégé, et que son écriture était assez incorrecte, on lisait: *L'âne de Mirepoix*, au lieu de *l'ancien*: ce fut un sujet de plaisanteries; et jamais négociation ne fut plus gaie.

Le roi de Prusse, qui n'y allait pas de main morte quand il fallait frapper sur les moines et sur les prélats de cour, me répondit avec un déluge de railleries sur l'âne de Mirepoix, et me pressa de venir.

J'eus grand soin de faire lire mes lettres et les réponses.

L'évêque en fut même informé.

Il alla se plaindre à Louis XV de ce que je le faisais, disait-il, passer pour un sot dans les cours étrangères. Le roi lui répondit que c'était une chose dont on était convenu, et qu'il ne fallait pas qu'il y prît garde.

Cette réponse de Louis XV, qui n'est guère dans son caractère, m'a toujours paru extraordinaire.

J'avais à la fois le plaisir de me venger de l'évêque qui m'avait exclu de l'Académie, celui de faire un voyage très agréable, et celui d'être à portée de rendre service au roi et à l'État.

M. de Maurepas entrait même avec chaleur dans cette aventure, parce qu'alors il gouvernait M. Amelot, et qu'il croyait être le ministre des affaires étrangères.

***

Ce qu'il y eut de plus singulier, c'est qu'il fallut mettre Mme du Châtelet de la confidence. Elle ne voulut point, à quelque prix que ce fût, que je la quittasse pour le roi de Prusse; elle ne trouvait rien de si lâche et de si abominable dans le monde que de se séparer d'une femme pour aller chercher un monarque. Elle aurait fait un vacarme horrible. On convint, pour l'apaiser, qu'elle entrerait dans le mystère, et que les lettres passeraient par ses mains.

J'eus tout l'argent que je voulus pour mon voyage, sur mes simples reçus, de M. de Montmartel. Je n'en abusai pas.

Je m'arrêtai quelque temps en Hollande, pendant que le roi de Prusse courait d'un bout à l'autre de ses États pour faire des revues.

Mon séjour ne fut pas inutile à La Haye. Je logeai dans le palais de la Vieille-Cour, qui appartenait alors au roi de Prusse.

Son envoyé, le jeune comte de Podewils, amoureux et aimé de la femme d'un des principaux membres de l'État, attrapait, par les bontés de cette dame, des copies de toutes les résolutions secrètes de Leurs Hautes Puissances, très malintentionnées contre nous.

J'envoyais ces copies à la cour; et mon service était très agréable.

VII. — Vie intime de Frédéric II à Potsdam.

La journée du roi de Prusse. — L'amour à la prus-
sienne. — Les affaires du royaume expédiées en
une heure. — Tout s'exécutait militairement. —
La parade. — Le roi-poète. — Le roi-musicien. —
Soupers et entretiens libertins. — Peintures pom-
péiennes au palais de Potsdam.

QUAND j'arrivai à Berlin, le roi me logea chez lui, comme il avait fait dans mes précédents voyages. Il menait à Potsdam la vie qu'il a toujours menée depuis son avènement au trône.

Cette vie mérite quelque petit détail.

Il se levait à cinq heures du matin en été et à six en hiver.

Si vous voulez savoir les cérémonies royales de ce lever, quelles étaient les grandes et les petites entrées, quelles étaient les fonctions de son grand aumônier, de son grand chambellan, de son premier gentilhomme de chambre, de ses huissiers, je vous répondrai qu'un laquais venait allumer son feu, l'habiller et le raser; encore s'habillait-il presque tout seul.

Sa chambre était assez belle; une riche balustrade d'argent, ornée de petits amours très bien sculptés, semblait fermer l'estrade d'un lit dont on voyait les rideaux; mais derrière les rideaux était, au lieu de lit, une bibliothèque; et, quant au lit du roi, c'était un grabat de sangles avec un matelas mince, caché par un paravent.

Marc-Aurèle et Julien, ses deux apôtres, et les plus grands hommes du stoïcisme, n'étaient pas plus mal couchés.

**

Quant Sa Majesté était habillée et bottée, le stoïque donnait quelques moments à la secte d'Epicure: il faisait venir deux ou trois favoris, soit lieutenants de son régiment, soit pages, soit heiduques ou jeunes cadets.

On prenait le café.

Celui à qui on jetait le mouchoir restait un demi-quart d'heure en tête à tête.

Les choses n'allaient pas jusqu'aux dernières extrémités, attendu que le prince, du vivant de son père, avait été fort maltraité dans ses amours de passade, et non moins mal guéri.

Il ne pouvait jouer le premier rôle; il fallait se contenter des seconds.

Ces amusements d'écoliers étant finis, les affaires d'Etat prenaient la place.

Son premier ministre arrivait par un escalier dérobé, avec une grosse liasse de papiers sous le bras. Ce premier ministre était un commis qui logeait au second étage dans la maison de Frédersdorf, ce soldat devenu valet de chambre et favori, qui avait autrefois servi le roi prisonnier dans le château de Custrin.

Les secrétaires d'Etat envoyaient toutes leurs dépêches au commis du roi. Il en apportait l'extrait: le roi faisait mettre les réponses à la marge en deux mots.

Toutes les affaires du royaume s'expédiaient ainsi en une heure. Rarement les secrétaires d'Etat, les ministres en charge l'abordaient: il y en a même à qui il n'a jamais parlé.

Le roi son père avait mis un tel ordre dans les finances, tout s'exécutait si militairement, l'obéissance était si aveugle, que quatre cents lieues de pays étaient gouvernées comme une abbaye.

**

Vers les onze heures, le roi, en bottes, faisait dans son jardin la revue de son régiment des gardes; et, à la même heure, tous les colonels en faisaient autant dans toutes les provinces.

Dans l'intervalle de la parade et du dîner, les princes ses frères, les officiers généraux, un ou deux chambellans, mangeaient à sa table, qui était aussi bonne qu'elle pouvait l'être dans un pays où il n'y a ni gibier, ni viande de boucherie passable, ni une poularde, et où il faut tirer le froment de Magdebourg.

Après le repas, il se retirait seul dans son cabinet, et faisait des vers jusqu'à cinq ou six heures.

Ensuite venait un jeune homme nommé Darget, ci-devant secrétaire de Valori, envoyé de France, qui faisait la lecture.

Un petit concert commençait à sept heures: le roi y jouait de la flûte aussi bien que le meilleur artiste. Les concertants exécutaient souvent de ses compositions: car il n'y avait aucun art qu'il ne cultivât, et il n'eût pas essuyé chez les Grecs la mortification qu'eut Epaminondas d'avouer qu'il ne savait pas la musique.

On soupait dans une petite salle dont le plus singulier ornement était un tableau dont il avait donné le dessin à Pesne, son peintre, l'un de nos meilleurs coloristes.

C'était une belle priapée.

On voyait des jeunes gens embrassant des femmes, des nymphes sous des satyres, des Amours qui jouaient au jeu des Encolpes et des Gitons, quelques personnes qui se pâmaient en regardant ces combats, des tourterelles qui se baisaient, des boucs sautant sur des chèvres et des béliers sur des brebis.

Les repas n'étaient pas souvent moins philosophiques.

Un survenant qui nous aurait écoutés, en voyant cette peinture, aurait cru entendre les sept sages de la Grèce au bordel.

Jamais on ne parla en aucun lieu du monde avec tant de liberté de toutes les superstitions des hommes, et jamais elles ne furent traitées avec plus de plaisanterie et de mépris.

Dieu était respecté, mais tous ceux qui avaient trompé les hommes en son nom n'étaient pas épargnés.

VIII. — Ni femmes ni prêtres.

On ne voyait jamais chez Frédéric II ni femmes ni prêtres. — Liberté et licence. — Comment fut berné un prêtre scandalisé de l'indulgence du roi. — Ce qu'on appelle « gouverner à la prussienne ». — L'avarice de Frédéric II. — Son faste quand il allait à Berlin. — La Barberina, qu'il avait fait enlever à Venise par ses soldats, touchait 32 mille livres d'appointements. — Son poète italien. — Frédéric II coupeur de nez et d'oreilles. — Voltaire obtient la grâce du vieux gentilhomme trompé.

IL n'entrait jamais dans le palais ni femmes ni prêtres.

En un mot, Frédéric vivait dans sa cour, sans conseil et sans culte.

Quelques juges de province voulurent faire brûler je ne sais quel pauvre paysan, accusé par un prêtre d'une intrigue galante avec son ânesse : on n'exécutait personne sans que le roi eût confirmé la sentence, loi très humaine qui se pratique en Angleterre et dans d'autres pays ; Frédéric écrivit, au bas de la sentence, qu'il donnait dans ses Etats *liberté de conscience et de v...*

Un prêtre d'auprès de Stettin, très scandalisé de cette indulgence, glissa, dans un sermon sur Hérode, quelques traits qui pouvaient regarder le roi son maître : il fit venir ce ministre de village à Potsdam en le citant au consistoire, quoiqu'il n'y eût à la cour pas plus de consistoire que de messe.

Le pauvre homme fut amené : le roi prit une robe et un rabat de prédicant ; d'Argens, l'auteur des *Lettres juives*, et un baron de Pöllnitz qui avait changé trois ou quatre fois de religion, se revêtirent du même habit ; on mit un tome du *Dictionnaire* de Bayle sur une table, en guise d'Evangile, et le coupable fut introduit par deux grenadiers devant ces trois ministres du Seigneur.

— Mon frère, lui dit le roi, je vous demande au nom de Dieu sur quel Hérode vous avez prêché...

— Sur Hérode qui fit tuer tous les petits enfants, répondit le bonhomme.

— Je vous demande, ajouta le roi, si c'était Hérode premier du nom, car vous devez savoir qu'il y en a eu plusieurs.

Le prêtre de village ne sut que répondre.

— Comment! dit le roi, vous osez prêcher sur un Hérode, et vous ignorez quelle était sa famille! vous êtes indigne du saint ministère. Nous vous pardonnons cette fois ; mais sachez que nous vous excommunierons si jamais vous prêchez sur quelqu'un sans le connaître.

Alors, on lui délivra sa sentence et son pardon.

On signa trois noms ridicules inventés à plaisir.

— Nous allons demain à Berlin, ajouta le roi ; nous demanderons grâce pour vous à nos frères : ne manquez pas de nous venir parler.

Le prêtre alla dans Berlin chercher les trois ministres : on se moqua de lui ; et le roi, qui était plus plaisant que libéral, ne se soucia pas de payer son voyage.

*
* *

Frédéric gouvernait l'Eglise aussi despotiquement que l'Etat.

C'était lui qui prononçait les divorces quand un mari et une femme voulaient se marier ailleurs.

Un ministre lui cita un jour l'Ancien Testament, au sujet d'un de ces divorces : « Moïse, lui dit-il, menait ses Juifs comme il voulait, et moi, je gouverne mes Prussiens comme je l'entends. »

Ce gouvernement singulier, ces mœurs encore plus étranges, ce contraste de stoïcisme et d'épicuréisme, de sévérité dans la discipline militaire et de mollesse dans l'intérieur du palais, des pages avec lesquels on s'amusait dans son cabinet, et des soldats qu'on faisait passer trente-six fois par les baguettes sous les fenêtres du monarque qui les regardait, des discours de morale et une licence effrénée, tout cela composait un tableau bizarre, que peu de personnes connaissaient alors, et qui depuis a percé dans l'Europe.

La plus grande économie présidait dans Potsdam à tous ses goûts.

Sa table et celle de ses officiers et de ses domestiques étaient réglées à trente-trois écus par jour, indépendamment du vin.

Et, au lieu que chez les autres rois ce sont des officiers de la couronne qui se mêlent de cette dépense, c'est son valet de chambre Frédersdorf qui était à la fois son grand maître d'hôtel, son grand échanson et son grand panetier.

Soit économie, soit politique, il n'accordait pas la moindre grâce à ses anciens favoris, et surtout à ceux qui avaient risqué leur vie pour lui quand il était prince royal.

Il ne payait pas même l'argent qu'il avait emprunté alors ; et comme Louis XII ne vengeait pas les injures du prince d'Orléans, le roi de Prusse oubliait les dettes du prince royal.

Cette pauvre maîtresse, qui avait été fouettée pour lui par la main du bourreau, était alors mariée, à Berlin, au commis du bureau des fiacres ; car il y avait dix-huit fiacres dans Berlin ; et son amant lui faisait une pension de soixante et dix écus qui lui a toujours été très bien payée.

Elle s'appelait Mme Shommers, grande femme, maigre, qui ressemblait à une sybille, et n'avait nullement l'air d'avoir mérité d'être fouettée pour un prince.

*
* *

Cependant, quand il allait à Berlin, il y étalait une grande magnificence dans les jours d'appareil.

C'était un très beau spectacle pour les hommes vains, c'est-à-dire pour presque tout le monde, de le voir à table, entouré de vingt princes de l'Empire, servi dans la plus belle vaisselle d'or de l'Europe, et trente beaux pages et autant de grands heiduques superbement parés, portant de grands plats d'or massifs.

Les grands officiers paraissaient alors, mais hors de là on ne les connaissait pas.

On allait après dîner à l'opéra, dans cette grande salle de trois cents pieds de long, qu'un de ses chambellans, nommé Knobelsdorff, avait bâtie sans architecte.

Les plus belles voix, les meilleurs danseurs, étaient à ses gages.

La Barberina dansait alors sur son théâtre : c'est elle qui depuis épousa le fils de son chancelier.

Le roi avait fait enlever à Venise cette danseuse par des soldats qui l'emmenèrent par Vienne même jusqu'à Berlin.

Il en était un peu amoureux, parce qu'elle avait les jambes d'un homme.

Ce qui était incompréhensible, c'est qu'il lui donnait trente-deux mille livres d'appointements.

Son poète italien, à qui il faisait mettre en vers les opéras dont lui-même faisait toujours le plan, n'avait que douze cents livres de gages; mais aussi il faut considérer qu'il était fort laid, et qu'il ne dansait pas.

En un mot, la Barberina touchait à elle seule plus que trois ministres d'État ensemble.

Pour le poète italien, il se paya un jour par ses mains. Il découvrit dans une chapelle du premier roi de Prusse de vieux galons d'or dont elle était ornée.

Le roi, qui jamais ne fréquenta de chapelle, dit qu'il ne perdait rien. D'ailleurs il venait d'écrire une *Dissertation en faveur des voleurs*, qui est imprimée dans les recueils de son Académie; et il ne jugea pas à propos, cette fois-là, de détruire ses écrits par les faits.

✱✱

Cette indulgence ne s'étendait pas sur le militaire.

Il y avait dans les prisons de Spandou un vieux gentilhomme de Franche-Comté, haut de six pieds, que le feu roi avait fait enlever pour sa belle taille; on lui avait promis une place de chambellan, et on lui en donna une de soldat.

Ce pauvre homme déserta bientôt avec quelques-uns de ses camarades; il fut saisi et ramené devant le feu roi, auquel il eut la naïveté de dire qu'il ne se repentait que de n'avoir pas tué un tyran comme lui.

On lui coupa, pour réponse, le nez et les oreilles; il passa par les baguettes trente-six fois; après quoi il alla traîner la brouette à Spandau.

Il la traînait encore quand M. de Valori, notre envoyé, me pressa de demander sa grâce au très clément fils du très dur Frédéric-Guillaume.

Sa Majesté se plaisait à dire que c'était pour moi qu'il faisait jouer la *Clemenza di Tito*, opéra plein de beautés du célèbre Metastasio, mis en musique par le roi lui-même, aidé de son compositeur. Je pris mon temps pour recommander à ses bontés ce pauvre Franc-Comtois sans oreilles et sans nez, et je lui détachai cette semonce:

Génie universel, âme sensible et ferme,
Quoi! lorsque vous régnez il est des malheureux!
Aux tourments d'un coupable il vous faut mettre un [terme,
Et n'en mettre jamais à vos soins généreux.

Voyez autour de vous les Prières tremblantes,
Filles du repentir, maîtresses des grands cœurs,
S'étonner d'arroser de larmes impuissantes
Les mains qui de la terre ont dû sécher les pleurs.

Ah! pourquoi m'étaler cette magnificence
Ce spectacle brillant où triomphe Titus!
Pour achever la fête égalez sa clémence,
Et l'imitez en tout, ou ne le vantez plus.

La requête était un peu forte; mais on a le privilège de dire ce qu'on veut en vers.

Le roi promit quelque adoucissement; et même, plusieurs mois après, il eut la bonté de mettre le gentilhomme dont il s'agissait à l'hôpital, à six sous par jour.

Il avait refusé cette grâce à la reine sa mère, qui apparemment ne l'avait demandée qu'en prose.

IX. — Un morceau de roi.

Voltaire négocie avec le roi de Prusse. — Haine contre le roi d'Angleterre. — Retour à Paris. — Une disgrâce. — Mme de Châteauroux, maîtresse du roi de France et l'évêque de Soissons. — Sa mort. — Louis XV prend une autre maîtresse. — Voltaire obtient ses bonnes grâces. — Mme la marquise de Boufflers, maîtresse du roi Stanislas. — Une intrigue jésuitique. — Mme du Châtelet et Voltaire à Lunéville. — Aventure de l'évêque Poncet — Mort de Mme du Châtelet.

Au milieu des fêtes, des opéras, des soupers, ma négociation secrète avançait.

Le roi trouvait bon que je lui parlasse de tout, et j'entremêlais souvent des questions sur la France et sur l'Autriche à propos de *l'Énéide* et de *Tite-Live*. La conversation s'animait quelquefois: le roi s'échauffait, et me disait que, tant que notre cour frapperait à toutes les portes pour obtenir la paix, il ne s'aviserait pas de se battre pour elle.

Je lui envoyais de ma chambre à son appartement mes réflexions sur un papier à mi-marge. Il répondait sur une colonne à mes hardiesses. J'ai encore ce papier où je lui disais: « Doutez-vous que la maison d'Autriche ne vous redemande la Silésie à la première occasion? »

Voici sa réponse en marge:

Ils seront reçus, biribi,
A la façon de barbari,
Mon ami.

Cette négociation d'une espèce nouvelle finit par un discours qu'il me tint dans un de ses mouvements de vivacité contre le roi d'Angleterre, son cher oncle.

Ces deux rois ne s'aimaient pas,

Celui de Prusse disait: « George est l'oncle de Frédéric, mais George ne l'est pas du roi de Prusse. »

Enfin il me dit: « Que la France déclare la guerre à l'Angleterre, et je marche. »

Je n'en voulais pas davantage. Je retournai vite à la cour de France: je rendis compte de mon voyage. Je lui donnai l'espérance qu'on m'avait donnée à Berlin. Elle ne fut point trompeuse; et le printemps suivant le roi de Prusse fit en effet un nouveau traité avec le roi de France.

Il s'avança en Bohême avec cent mille hommes, tandis que les Autrichiens étaient en Alsace.

Si j'avais conté à quelque bon Parisien mon aventure et le service que j'avais rendu, il n'eût pas douté que je ne fusse promu à quelque beau poste.

Voici quelle fut ma récompense.

La duchesse de Châteauroux fut fâchée que la négociation n'eût pas passé immédiatement par elle; il lui avait pris envie de chasser M. Amelot, parce qu'il était bègue et que ce petit défaut lui déplaisait; elle haïssait de plus cet Amelot, parce qu'il était gouverné par M. de Maurepas; il fut renvoyé au bout de huit jours, et je fus enveloppé dans sa disgrâce.

Il arriva quelque temps après que Louis XV fut malade à l'extrémité dans la ville de Metz: M. de Maurepas et sa cabale prirent ce temps pour perdre Mme de Châteauroux. L'évêque de Soissons, Fitz-James, fils du bâtard de Jacques II, regardé comme un saint, voulut, en qualité de premier aumônier, convertir le roi, et lui déclara qu'il ne lui donnerait ni absolution ni communion, s'il ne chassait sa maîtresse et sa sœur la duchesse de Lauraguais, et leurs amis.

Les deux sœurs partirent chargées de l'exécration du peuple de Metz. Ce fut pour cette action que le peuple de Paris, aussi sot que celui de Metz, donna à Louis XV le surnom de *Bien-Aimé*.

Un polisson, nommé Vadé, imagina ce titre que les almanachs prodiguèrent. Quand ce prince se porta bien, il ne voulut être que le bien-aimé de sa maîtresse. Ils s'aimèrent plus qu'auparavant.

Elle devait rentrer dans son ministère; elle allait partir de Paris pour Versailles, quand elle mourut subitement des suites de la rage que sa démission lui avait causée.

Elle fut bientôt oubliée.

Il fallait une maîtresse.

Le choix tomba sur la demoiselle Poisson, fille d'une femme entretenue et d'un paysan de La Ferté-sous-Jouarre, qui avait amassé quelque chose à vendre du blé aux entrepreneurs des vivres.

Ce pauvre homme était alors en fuite, condamné pour quelque malversation. On avait marié sa fille au sous-fermier Le Normand, seigneur d'Etiole, neveu du fermier général Le Normand de Tournehem, qui entretenait la mère.

La fille était bien élevée, sage, aimable, remplie de grâces et de talents, née avec du bon sens et un bon cœur. Je la connaissais assez; je fus même le confident de son amour.

Elle m'avouait qu'elle avait toujours eu un secret pressentiment qu'elle serait aimée du roi, et qu'elle s'était senti une violente inclination pour lui, sans trop la démêler.

Cette idée, qui aurait pu paraître chimérique dans sa situation, était fondée sur ce qu'on l'avait souvent menée aux chasses que faisait le roi dans la forêt de Sénart.

Tournehem, l'amant de sa mère, avait une maison de campagne dans le voisinage.

On promenait Mme d'Etiole dans une jolie calèche. Le roi la remarquait, et lui envoyait souvent des chevreuils. Sa mère ne cessait de lui dire qu'elle était plus jolie que Mme de Châteauroux, et le bonhomme Tournehem s'écriait souvent : « Il faut avouer que la fille de Mme Poisson est un morceau de roi. »

Enfin, quand elle eut tenu le roi entre ses bras, elle me dit qu'elle croyait fermement à la destinée; et elle avait raison. Je passai quelques mois avec elle à Etiole, pendant que le roi faisait la campagne de 1746.

Cela me valut des récompenses qu'on n'avait jamais données ni à mes ouvrages ni à mes services. Je fus jugé digne d'être l'un des quarante membres inutiles de l'Académie. Je fus nommé historiographe de France; et le roi me fit présent d'une charge de gentilhomme ordinaire de sa chambre. Je conclus que, pour faire la plus petite fortune, il valait mieux dire quatre mots à la maîtresse d'un roi que d'écrire cent volumes.

*
* *

Dès que j'eus l'air d'un homme heureux, tous mes confrères les beaux esprits de Paris se déchaînèrent contre moi avec toute l'animosité et l'acharnement qu'ils devaient avoir contre quelqu'un à qui on donnait toutes les récompenses qu'ils méritaient.

J'étais toujours lié avec la marquise du Châtelet par l'amitié la plus inaltérable et par le goût de l'étude. Nous demeurions ensemble à Paris et à la campagne. Cirey est sur les confins de la Lorraine: le roi Stanislas tenait alors sa petite et agréable cour à Lunéville.

Tout vieux et tout dévot qu'il était, il avait une maîtresse: c'était Mme la marquise de Boufflers.

Il partageait son âme entre elle et un jésuite nommé Menou, le plus intrigant et le plus hardi prêtre que j'aie jamais connu.

Cet homme avait attrapé au roi Stanislas, par les importunités de sa femme qu'il avait gouvernée, environ un million, dont partie fut employée à bâtir une magnifique maison pour lui et pour quelques jésuites dans la ville de Nancy.

Cette maison était dotée de vingt-quatre mille livres de rente, dont douze pour la table de Menou, et douze pour donner à qui il voudrait.

La maîtresse n'était pas, à beaucoup près, si bien traitée.

Elle tirait à peine alors du roi de Pologne de quoi avoir des jupes; et cependant le jésuite enviait sa portion, et était furieusement jaloux de la marquise.

Ils étaient ouvertement brouillés.

Le pauvre roi avait tous les jours bien de la peine, au sortir de la messe, à rapatrier sa maîtresse et son confesseur.

Enfin notre jésuite, ayant entendu parler de Mme du Châtelet, qui était très bien faite et encore assez belle, imagina de la substituer à Mme de Boufflers.

Stanislas se mêlait quelquefois de faire d'assez mauvais petits ouvrages: Menou crut qu'une femme auteur réussirait mieux qu'une autre auprès de lui.

Et le voilà qui vient à Cirey pour ourdir cette belle trame: il cajole Mme du Châtelet, et nous dit que le roi Stanislas serait enchanté de nous voir; il retourne dire au roi que nous brûlons d'envie de venir lui faire notre cour; Stanislas recommande à Mme de Boufflers de nous amener.

Et en effet, nous allâmes passer à Lunéville toute l'année 1749. Il arriva tout le contraire de ce que voulait le révérend père. Nous nous attachâmes à Mme de Boufflers; et le jésuite eut deux femmes à combattre.

*
* *

La vie de la cour de Lorraine était assez agréable, quoiqu'il y eût, comme ailleurs, des intrigues et des tracasseries. Poncet, évêque de Troyes, perdu de dettes et de réputation, voulut sur la fin de l'année augmenter notre cour et nos tracasseries: quand je dis qu'il était perdu de réputation, entendez aussi la réputation de ses oraisons funèbres et de ses sermons. Il obtint, par nos dames, d'être grand aumônier du roi, qui fut flatté d'avoir un évêque à ses gages, et à de très petits gages.

Cet évêque ne vint qu'en 1750. Il débuta par être amoureux de Mme de Boufflers, et fut chassé. Sa colère retomba sur Louis XV, gendre de Stanislas: car, étant retourné à Troyes, il voulut jouer un rôle dans la ridicule affaire des billets de confession, inventés par l'archevêque de Paris, Beaumont; il tint tête au Parlement et brava le roi.

Ce n'était pas le moyen de payer ses dettes; mais c'était celui de se faire enfermer. Le roi de France

L'envoya prisonnier en Alsace, dans un couvent de gros moines Allemands.

Mais il faut revenir à ce qui me touche.

Mme du Châtelet mourut dans le palais de Stanislas, après deux jours de maladie. Nous étions tous si troublés que personne de nous ne songea à faire venir ni curé, ni jésuite, ni sacrement.

Elle n'eut point les horreurs de la mort; il n'y eut que nous qui les sentîmes.

Je fus saisi de la plus douloureuse affliction. Le bon roi Stanislas vint dans ma chambre me consoler et pleurer avec moi.

Peu de ses confrères en font autant en pareilles occasions.

Il voulut me retenir: je ne pouvais plus supporter Lunéville, et je retournai à Paris.

X. — Les loisirs du roi de Prusse.

Voltaire rappelé à Potsdam. — Sa vie auprès du roi. — Une lettre de Frédéric à Voltaire. — Tendresses singulières du roi avec ses favoris. — L'hypocrisie de Frédéric II. — Le lecteur du roi. — Comment mourut La Mettrie. — Disgrâce de Voltaire. — Un livre de Maupertuis. — Sa querelle avec Kœnig. — Voltaire décidé à s'en aller. — Un souper de Damoclès. — La grossièreté prussienne. — Mieux vaut avoir 100 pistoles dans un pays libre que 1.000 dans un pays despotique.

MA destinée était de courir de roi en roi, quoique j'aimasse ma liberté avec idolâtrie.

Le roi de Prusse, à qui j'avais signifié que je ne quitterais jamais Mme du Châtelet pour lui, voulut à toute force m'attraper quand il fut défait de sa rivale.

Il jouissait alors d'une paix qu'il s'était acquise par des victoires, et son loisir était toujours employé à faire des vers, ou à écrire l'histoire de son pays et de ses campagnes.

Il était bien sûr, à la vérité, que ses vers et sa prose étaient fort au-dessus de ma prose et de mes vers, quant au fond des choses; mais il croyait que, pour la forme, je pouvais, en qualité d'académicien, donner quelque tournure à ses écrits; il n'y eut point de séduction flatteuse qu'il n'employât pour me faire venir.

Le moyen de résister à un roi victorieux, poète, musicien et philosophe, et qui faisait semblant de m'aimer.

Je crus que je l'aimais.

Enfin je pris encore le chemin de Potsdam au mois de juin 1750.

Astolphe ne fut pas mieux reçu dans le palais d'Alcine.

Etre logé dans l'appartement qu'avait eu le maréchal de Saxe, avoir à ma disposition les cuisiniers du roi quand je voulais manger chez moi, et les cochers quand je voulais me promener, c'étaient les moindres faveurs qu'on me faisait.

Les soupers étaient très agréables. Je ne sais si je me trompe, il me semble qu'il y avait bien de l'esprit; le roi en avait et en faisait avoir; et ce qu'il y a de plus extraordinaire, c'est que je n'ai jamais fait de repas si libres.

Je travaillais deux heures par jour avec Sa Majesté; je corrigeais tous ses ouvrages, ne manquant jamais de louer beaucoup ce qu'il y avait de bon, lorsque je raturais tout ce qui ne valait rien.

Je lui rendais raison par écrit de tout; ce qui composa une rhétorique et une poétique à son usage; il en profita, et son génie le servit encore mieux que mes leçons.

Je n'avais nulle cour à faire, nulle visite à rendre, nul devoir à remplir.

Je m'étais fait une vie libre, et je ne concevais rien de plus agréable que cet état.

Alcine-Frédéric, qui me voyait déjà la tête un peu tournée, redoubla ses potions enchantées pour m'enivrer tout à fait. La dernière séduction fut une lettre qu'il m'écrivit de son appartement au mien.

Une maîtresse ne s'explique pas plus tendrement; il s'efforçait de dissiper dans cette lettre la crainte que m'inspiraient son rang et son caractère; elle portait ces mots singuliers:

« Comment pourrais-je jamais causer l'infortune d'un homme que j'estime, que j'aime, et qui me sacrifie sa patrie et tout ce que l'humanité a de plus cher?... Je vous respecte comme mon maître en éloquence. Je vous aime comme un ami vertueux. Quel esclavage, quel malheur, quel changement y a-t-il à craindre dans un pays où l'on vous estime autant que dans votre patrie, et chez un ami qui a un cœur reconnaissant? J'ai respecté l'amitié qui vous liait à Mme du Châtelet; mais, après elle, j'étais un de vos plus anciens amis. Je vous promets que vous serez heureux ici autant que je vivrai. »

Voilà une lettre telle que peu de majestés en écrivent. Ce fut le dernier verre qui m'enivra.

Les protestations de bouches furent encore plus fortes que celles par écrit.

Il était accoutumé à des démonstrations de tendresse singulières avec des favoris plus jeunes que moi; et, oubliant un moment que je n'étais pas de leur âge, et que je n'avais pas la main belle, il me la prit pour la baiser.

Je lui baisai la sienne, et je me fis son esclave.

Il fallait une permission du roi de France pour appartenir à deux maîtres. Le roi de Prusse se chargea de tout.

Il écrivit pour me demander au roi mon maître.

Je n'imaginais pas qu'on fût choqué à Versailles qu'un gentilhomme ordinaire de la chambre, qui est l'espèce la plus inutile de la cour, devînt un inutile chambellan à Berlin. On me donna toute permission. Mais on fut très piqué; et on ne me le pardonna point. Je déplus fort au roi de France, sans plaire davantage à celui de Prusse, qui se moquait de moi dans le fond de son cœur.

Me voilà donc avec une clef d'argent doré pendue à mon habit, une croix au cou, et vingt mille francs de pension.

Maupertuis en fut malade, et je ne m'en aperçus pas. Il y avait alors un médecin à Berlin, nommé La Mettrie, le plus franc athée de toutes les facultés de médecine de l'Europe: homme d'ailleurs gai, plaisant, étourdi, tout aussi instruit de la théorie qu'aucun de ses confrères, et, sans contredit, le plus mauvais médecin de la terre dans la pratique; aussi, grâce à Dieu, ne pratiquait-il point. Il s'était moqué de toute la Faculté de Paris, et avait même écrit contre les médecins beaucoup de personnalités qu'ils ne pardonnèrent point; ils obtinrent contre lui un décret de prise de corps.

La Mettrie s'était donc retiré à Berlin, où il amusait assez par sa gaieté; écrivant d'ailleurs et faisant imprimer tout ce qu'on peut imaginer de plus effronté sur la morale. Ses livres plurent au roi qui le fit, non pas son médecin, mais son lecteur.

Un jour, après la lecture, La Mettrie, qui disait au roi tout ce qui lui venait dans la tête, lui dit qu'on était bien jaloux de ma faveur et de ma fortune. « Laissez faire, lui dit le roi, on presse l'orange, et on la jette quand on a avalé le jus. »

La Mettrie ne manqua pas de me rendre ce bel apophthegme, digne de Denys de Syracuse.

✢

Je résolus dès lors de mettre en sûreté les pelures de l'orange. J'avais environ trois cent mille livres à placer.

Je me gardai bien de mettre ce fonds dans les Etats de mon Alcine; je le plaçai avantageusement sur les terres que le duc de Wurtemberg possède en France.

Le roi, qui ouvrait toutes mes lettres, se douta bien que je ne prétendais pas rester auprès de lui.

Cependant la fureur de faire des vers le possédait comme Denys. Il fallait que je rabotasse continuellement, et que je revisse son *Histoire de Brandebourg* et tout ce qu'il composait.

La Mettrie mourut après avoir mangé chez milord Tyrconnel, envoyé de France, tout un pâté farci de truffes, après un très long dîner.

On prétendit qu'il s'était confessé avant de mourir; le roi en fut indigné; il s'informa exactement si la chose était vraie; on l'assura que c'était une calomnie atroce, et que La Mettrie était mort comme il avait vécu, en reniant Dieu et les médecins.

Sa Majesté, satisfaite, composa sur-le-champ son oraison funèbre, qu'il fit lire en son nom à l'assemblée publique de l'Académie par Darget, son secrétaire, et il donna six cents livres de pension à une fille de joie que La Mettrie avait amenée de Paris quand il avait abandonné sa femme et ses enfants.

Maupertuis, qui savait l'anecdote de l'écorce d'orange, prit son temps pour répandre le bruit que j'avais dit que la charge d'athée du roi était vacante.

Cette calomnie ne réussit pas; mais il ajouta ensuite que je trouvais les vers du roi mauvais, et cela réussit.

Je m'aperçus que depuis ce temps-là les soupers du roi n'étaient plus aussi gais; on me donnait moins de vers à corriger; ma disgrâce était complète.

✢

Algarotti, Darget et un autre Français nommé Chasot, qui était un de ses meilleurs officiers, le quittèrent tous à la fois.

Je me disposais à en faire autant.

Mais je voulus auparavant me donner le plaisir de me moquer d'un livre que Maupertuis venait d'imprimer.

L'occasion était belle; on n'avait jamais rien écrit de si ridicule et de si fou. Le bonhomme proposait sérieusement de faire un voyage droit aux deux pôles; de disséquer des têtes de géants, pour connaître la nature de l'âme par leurs cervelles; de bâtir une ville où l'on ne parlerait que latin; de creuser un trou jusqu'au noyau de la terre; de guérir les maladies en enduisant les malades de poix-résine; et enfin de prédire l'avenir en exaltant son âme.

Le roi rit du livre, j'en ris, tout le monde en rit.

Mais il se passait alors une scène plus sérieuse à propos de je ne sais quelle fadaise de mathématique que Maupertuis voulait ériger en découverte.

Un géomètre plus savant, nommé Kœnig, bibliothécaire de la princesse d'Orange à La Haye, lui fit apercevoir qu'il se trompait, et que Leibnitz, qui avait autrefois examiné cette vieille idée, en avait démontré la fausseté dans plusieurs de ses lettres, dont il lui montra des copies.

Maupertuis, président de l'Académie de Berlin, indigné qu'un associé étranger lui prouvât ses bévues, persuada d'abord au roi que Kœnig, en qualité d'homme établi en Hollande, était son ennemi, et avait dit beaucoup de mal de la prose et de la poésie de Sa Majesté à la princesse d'Orange.

Cette première précaution prise, il aposta quelques pauvres pensionnaires de l'Académie, qui dépendaient de lui, et fit condamner Kœnig, comme faussaire, à être rayé du nombre des académiciens.

Le géomètre de Hollande avait pris les devants, et avait renvoyé sa patente de la dignité d'académicien de Berlin.

Tous les gens de lettres de l'Europe furent aussi indignés des manœuvres de Maupertuis qu'ennuyés de son livre.

Il obtint la haine et le mépris de ceux qui se piquaient de philosophie et de ceux qui n'y entendaient rien.

On se contentait à Berlin de lever les épaules, car, le roi ayant pris parti dans cette malheureuse affaire, personne n'osait parler; je fus le seul qui élevai la voix.

Kœnig était mon ami; j'avais à la fois le plaisir de défendre la liberté des gens de lettres avec la cause d'un ami, et celui de mortifier un ennemi qui était autant l'ennemi de la modestie que le mien.

Je n'avais nul dessein de rester à Berlin; j'ai toujours préféré la liberté à tout le reste.

Peu de gens de lettres en usent ainsi.

La plupart sont pauvres; la pauvreté énerve le courage; et tout philosophe à la cour devient aussi esclave que le premier officier de la couronne.

Je sentis combien ma liberté devait déplaire à un roi plus absolu que le Grand Turc.

✢

C'était un plaisant roi dans l'intérieur de sa maison, il le faut avouer. Il protégeait Maupertuis, et se moquait de lui plus que personne.

Il se mit à écrire contre lui, et m'envoya son manuscrit dans ma chambre par un des ministres de ses plaisirs secrets, nommé Marwitz; il tourna beaucoup en ridicule le trou au centre de la terre, sa méthode de guérir avec un enduit de poix-résine, le voyage au pôle austral, la ville latine, et la lâcheté de son Académie, qui avait souffert la tyrannie exercée contre le pauvre Kœnig. Mais, comme sa devise était: *Point de bruit si je ne le fais*, il fit brûler tout ce qu'on avait écrit sur cette matière, excepté son ouvrage.

Je lui renvoyai son ordre, sa clef de chambellan, ses pensions; il fit alors tout ce qu'il put pour me garder, et moi tout ce que je pus pour le quitter. Il me rendit sa croix et sa clef, il voulut que je soupasse avec lui; je fis donc encore un souper de Damoclès; après quoi je partis avec promesse de revenir, et avec le ferme dessein de ne le revoir de ma vie.

Ainsi nous fûmes quatre qui nous échappâmes en peu de temps, Chasot, Darget, Algarotti et moi.

Il n'y avait pas en effet moyen d'y tenir.

On sait bien qu'il faut souffrir auprès des rois; mais Frédéric abusait un peu trop de sa prérogative.

La société a ses lois, à moins que ce ne soit la société du lion et de la chèvre.

Frédéric manquait toujours à la première loi de la société, de ne rien dire de désobligeant pour personne.

Il demandait souvent à son chambellan Pöllnitz s'il ne changerait pas volontiers de religion pour la quatrième fois, et il offrait de payer cent écus comptant pour sa conversion.

« Eh, mon Dieu! mon cher Pöllnitz, lui disait-il, j'ai oublié le nom de cet homme que vous volâtes à La Haye, en lui vendant de l'argent faux pour du fin; aidez un peu ma mémoire, je vous prie. »

Il traitait à peu près de même le pauvre d'Argens. Cependant ces deux victimes restèrent. Pöllnitz, ayant mangé tout son bien, était obligé d'avaler ces couleuvres pour vivre; il n'avait pas d'autre pain; et d'Argens n'avait pour tout bien dans le monde que ses *Lettres juives*, et sa femme, nommée Cochois, mauvaise comédienne de province, si laide qu'elle ne pouvait rien gagner à aucun métier, quoiqu'elle en fît plusieurs.

Pour Maupertuis, qui avait été assez malavisé pour placer son bien à Berlin, ne songeant pas qu'il vaut mieux avoir cent pistoles dans un pays libre que mille dans un pays despotique, il fallait bien qu'il restât dans les fers qu'il s'était forgés.

XI. — Libéré du roi de Prusse.

Voltaire échappé de la tyrannie prussienne. — L'aventure de Francfort. — « L'œuvre de poëshie du roi. » — Voltaire arrêté avec ses gens et sa nièce. — Quatre soldats servent à celle-ci de femmes de chambre. — Justice à la prussienne. — Voltaire et le cardinal de Tencin. — Voltaire s'établit près de Genève, heureux de son repos et de sa liberté. — Sa recette pour faire fortune.

N sortant de mon palais d'Alcine, j'allai passer un mois auprès de Mme la duchesse de Saxe-Gotha, la meilleure princesse de la terre, la plus douce, la plus sage, la plus égale, et qui, Dieu merci, ne faisait point de vers.

De là je fus quelques jours à la maison de campagne du landgrave de Hesse, qui était beaucoup plus éloigné de la poésie que la princesse de Gotha.

Je respirais.

Je continuai doucement mon chemin par Francfort.

C'était là que m'attendait ma très bizarre destinée.

Je tombai malade à Francfort; une de mes nièces, veuve d'un capitaine au régiment de Champagne, femme très aimable, remplie de talents, et qui de plus était regardée à Paris comme bonne compagnie, eut le courage de quitter Paris pour venir me trouver sur le Mein; mais elle me trouva prisonnier de guerre.

Voici comme cette belle aventure s'était passée.

Il y avait à Francfort un nommé Freytag, banni de Dresde, après y avoir été mis au carcan et condamné à la brouette, devenu depuis dans Francfort agent du roi de Prusse, qui se servait volontiers de tels ministres, parce qu'ils n'avaient de gages que ce qu'ils pouvaient attraper aux paysans.

Cet ambassadeur et un marchand nommé Schmid, condamné ci-devant à l'amende pour fausse monnaie, me signifièrent, de la part de Sa Majesté le roi de Prusse, que j'eusse à ne point sortir de Francfort jusqu'à ce que j'eusse rendu les effets précieux que j'emportais à Sa Majesté.

— Hélas! Messieurs, je n'emporte rien de ce pays-là, je vous jure, pas même les moindres regrets. Quels sont donc les joyaux de la couronne brandebourgeoise que vous redemandez?

— *C'être, Monsir*, répondit Freytag, *l'œuvre de poëshie du roi mon gracioux maître.*

— Oh! je lui rendrai sa prose et ses vers de tout mon cœur, lui répliquai-je, quoique, après tout, j'aie plus d'un droit à cet ouvrage. Il m'a fait présent d'un bel exemplaire imprimé à ses dépens. Malheureusement cet exemplaire est à Leipsick avec mes autres effets.

Alors, Freytag me proposa de rester à Francfort jusqu'à ce que le trésor qui était à Leipsick fût arrivé; et il me signa ce beau billet:

Monsir, sitôt le gros ballot de Leipsick sera ici, où est l'Œuvre de poëshie du roi mon maître, que Sa Majesté demande, et l'œuvre de poëshie rendu à moi, vous pourrez partir où vous paraîtra bon. A Francfort, 1ᵉʳ de juin 1753. FREYTAG, *résident du roi, mon maître.*

J'écrivis au bas du billet: *Bon pour l'œuvre de poëshie du roi votre maître:* de quoi le résident fut très satisfait.

***

Le 17 juin arriva le grand ballot de *poëshie*.

Je remis fidèlement ce sacré dépôt, et je crus pouvoir m'en aller sans manquer à aucune tête couronnée; mais, dans l'instant que je partais, on m'arrête, moi, mon secrétaire et mes gens; on arrête ma nièce; quatre soldats la traînent au milieu des boues chez le marchand Schmid, qui avait je ne sais quel titre de conseiller privé du roi de Prusse.

Ce marchand de Francfort se croyait alors un général prussien: il commandait douze soldats de la ville dans cette affaire, avec toute l'importance et la grandeur convenables.

Ma nièce avait un passeport du roi de France, et, de plus, elle n'avait jamais corrigé les vers du roi de Prusse.

On respecte d'ordinaire les dames dans les horreurs de la guerre; mais le conseiller Schmid et le résident Freytag, en agissant pour Frédéric, croyaient lui faire leur cour en traînant le pauvre beau sexe dans les boues.

On nous fourra tous dans une espèce d'hôtellerie,

à la porte de laquelle furent postés douze soldats: on en mit quatre autres dans ma chambre, quatre dans un grenier où l'on avait conduit ma nièce, quatre dans un galetas ouvert à tous les vents, où l'on fit coucher mon secrétaire sur la paille.

Ma nièce avait, à la vérité, un petit lit; mais ses quatre soldats, avec la baïonnette au bout du fusil, lui tenaient lieu de rideaux et de femmes de chambre.

Nous avions beau dire que nous en appelions à César, que l'empereur avait été élu dans Francfort, que mon secrétaire était Florentin et sujet de Sa Majesté Impériale, que ma nièce et moi nous étions sujets du Roi Très Chrétien, et que nous n'avions rien à démêler avec le margrave de Brandebourg: on nous répondit que le margrave avait plus de crédit dans Francfort que l'Empereur.

Nous fûmes douze jours prisonniers de guerre, et il nous fallut payer cent quarante écus par jour. Le marchand Schmid s'était emparé de tous mes effets, qui me furent rendus plus légers de moitié. On ne pouvait payer plus chèrement l'*œuvre de poëshie du roi de Prusse*. Je perdis environ la somme qu'il avait dépensée pour me faire venir chez lui et pour prendre mes leçons. Partant nous fûmes quittes.

⁂

Pour rendre l'aventure complète, un certain Van Duren, libraire à La Haye, fripon de profession et banqueroutier par habitude, était alors retiré à Francfort. C'était le même homme à qui j'avais fait présent, treize ans auparavant, du manuscrit de l'*Anti-Machiavel* de Frédéric. On retrouve ses amis dans l'occasion. Il prétendit que Sa Majesté lui redevait une vingtaine de ducats, et que j'en étais responsable. Il compta l'intérêt et l'intérêt de l'intérêt.

Le sieur Fichard, bourgmestre de Francfort, qui était même le bourgmestre régnant, comme cela se dit, trouva, en qualité de bourgmestre, le compte très juste, et, en qualité de régnant, il me fit débourser trente ducats, en prit vingt-six pour lui, et en donna quatre au fripon de libraire.

Toute cette affaire d'Ostrogoths et de Vandales étant finie, j'embrassai mes hôtes, et je les remerciai de leur douce réception.

Quelque temps après, j'allai prendre les eaux de Plombières; je bus surtout celles du Léthé, bien persuadé que les malheurs, de quelque espèce qu'ils soient, ne sont bons qu'à oublier. Ma nièce, Mme Denis, qui faisait la consolation de ma vie, et qui s'était attachée à moi par son goût pour les lettres et par la plus tendre amitié, m'accompagna de Plombières à Lyon. J'y fus reçu avec des acclamations par toute la ville, et assez mal par le cardinal Tencin, archevêque de Lyon, si connu par la manière dont il avait fait sa fortune en rendant catholique ce Law ou Lass, auteur du Système qui bouleversa la France. Son concile d'Embrun acheva la fortune que la conversion de Law avait commencée.

Le Système le rendit si riche qu'il eut de quoi acheter un chapeau de cardinal.

Il fut ministre d'État; et, en qualité de ministre, il m'avoua confidemment qu'il ne pouvait me donner à dîner en public, parce que le roi de France était fâché contre moi de ce que je l'avais quitté pour le roi de Prusse. Je lui dis que je ne dînais jamais, et qu'à l'égard des rois j'étais l'homme du monde qui prenais le plus aisément mon parti, aussi bien qu'avec les cardinaux.

On m'avait conseillé les eaux d'Aix en Savoie; quoiqu'elles fussent sous la domination d'un roi, je pris ma route pour aller en boire. Il fallait passer par Genève: le fameux médecin Tronchin, établi à Genève depuis peu, me déclara que les eaux d'Aix me tueraient, et qu'il me ferait vivre.

J'acceptai le parti qu'il me proposait.

⁂

Il n'est permis à aucun catholique de s'établir à Genève, ni dans les cantons suisses protestants. Il me parut plaisant d'acquérir des domaines dans les seuls pays de la terre où il ne m'était pas permis d'en avoir.

J'achetai, par un marché singulier et dont il n'y avait point d'exemple dans le pays, un petit bien d'environ soixante arpents, qu'on me vendit le double de ce qu'il eût coûté auprès de Paris; mais le plaisir n'est jamais trop cher; la maison est jolie et commode; l'aspect en est charmant; il étonne et ne lasse point. C'est, d'un côté, le lac de Genève; c'est la ville de l'autre. Le Rhône en sort en gros bouillons et forme un canal au bas de mon jardin; la rivière d'Arve, qui descend de la Savoie, se précipite dans le Rhône; plus loin, on voit encore une autre rivière.

Cent maisons de campagne, cent jardins riants, ornent les bords du lac et des rivières; dans le lointain s'élèvent les Alpes, et à travers les précipices on découvre vingt lieues de montagnes couvertes de neiges éternelles.

J'ai encore une plus belle maison et une vue plus étendue à Lausanne; mais ma maison auprès de Genève est beaucoup plus agréable. J'ai dans ces deux habitations ce que les rois ne donnent point, ou plutôt ce qu'ils ôtent, le repos et la liberté; et j'ai encore ce qu'ils donnent quelquefois, et que je ne tiens pas d'eux; je mets en pratique ce que j'ai dit dans le *Mondain:*

Oh! le bon temps que ce siècle de fer!

Toutes les commodités de la vie en ameublements, en équipages, en bonne chère, se trouvent dans mes deux maisons; une société douce et de gens d'esprit remplit les moments que l'étude et le soin de ma santé me laissent.

Il y a là de quoi faire crever de douleur plus d'un de mes chers confrères les gens de lettres: cependant je ne suis pas né riche, il s'en faut beaucoup. On me demande par quel art je suis parvenu à vivre comme un fermier général; il est bon de le dire, afin que mon exemple serve. J'ai vu tant de gens de lettres pauvres et méprisés, que j'ai conclu dès longtemps que je ne devais pas en augmenter le nombre.

Il faut être, en France, enclume ou marteau: j'étais né enclume. Un patrimoine court devient tous les jours plus court, parce que tout augmente de prix à la longue, et que souvent le gouvernement a touché aux rentes et aux espèces. Il faut être attentif à toutes les opérations que le ministère, toujours obéré et toujours inconstant, fait dans les finances de l'État. Il y en a toujours quelqu'une dont un particulier peut profiter, sans avoir obligation à personne; et rien n'est si doux que de faire sa fortune soi même: le premier pas coûte quelques peines; les autres sont aisés.

Il faut être économe dans sa jeunesse; on se trouve, dans sa vieillesse, un fonds dont on est surpris.

C'est le temps où la fortune est le plus nécessaire; c'est celui où je jouis; et, après avoir vécu chez des rois, je me suis fait roi chez moi malgré des pertes immenses.

Depuis que je vis dans cette opulence paisible et dans la plus extrême indépendance, le roi de Prusse est revenu à moi; il m'envoya, en 1755, un opéra qu'il avait fait de ma tragédie de *Mérope;* c'était sans contredit ce qu'il avait jamais fait de plus mauvais. Depuis ce temps il a continué à m'écrire; j'ai toujours été en commerce de lettres avec sa sœur la margrave de Baireuth, qui m'a conservé des bontés inaltérables.

XII. — La France et l'Autriche contre la Prusse.

L'Angleterre en guerre avec la France. — L'Autriche veut reprendre la Silésie à la Prusse. — Frédéric II trahit la France pour s'unir à l'Angleterre et envahit la Saxe. — L'abbé Bernis venge la France du roi de Prusse en faisant un traité d'alliance avec l'Autriche. — Mme de Pompadour, premier ministre d'Etat. — La moitié de l'Europe contre la Prusse. — Frédéric II battu par les Français et les Russes. — Le roi de Prusse réduit à la dernière extrémité veut échapper par le suicide. — Son épître au marquis d'Argens. — Voltaire lui conseille d'entrer en négociations avec la France. — Son artillerie le sauve à Rosbach.

PENDANT que je jouissais dans ma retraite de la vie la plus douce qu'on puisse imaginer, j'eus le petit plaisir philosophique de voir que les rois de l'Europe ne goûtaient pas cette heureuse tranquillité, et de conclure que la situation d'un particulier est souvent préférable à celle des plus grands monarques, comme vous allez voir.

L'Angleterre fit une longue guerre maritime à la France, pour quelques arpents de neige, en 1756; dans le même temps l'impératrice, reine de Hongrie, parut avoir quelque envie de reprendre, si elle pouvait, sa chère Silésie, que le roi de Prusse lui avait arrachée.

Elle négociait dans ce dessein avec l'impératrice de Russie et avec le roi de Pologne, seulement en qualité d'électeur de Saxe: car on ne négocie point avec les Polonais. Le roi de France, de son côté, voulait se venger sur les Etats de Hanovre du mal que l'électeur de Hanovre, roi d'Angleterre, lui faisait sur mer.

Frédéric, qui était alors allié avec la France, et qui avait un profond mépris pour notre gouvernement, préféra l'alliance de l'Angleterre à celle de France, et s'unit avec la maison de Hanovre, comptant empêcher d'une main les Russes d'avancer dans sa Prusse, et de l'autre les Français de venir en Allemagne: il se trompa dans ces deux idées; mais il en avait une troisième dans laquelle il ne se trompa point: ce fut d'envahir la Saxe sous prétexte d'amitié, et de faire la guerre à l'impératrice, reine de Hongrie, avec l'argent qu'il pilla chez les Saxons.

Le marquis de Brandebourg, par cette manœuvre singulière, fit seul changer tout le système de l'Europe.

Le roi de France, voulant le retenir dans son alliance, lui avait envoyé le duc de Nivernois, homme d'esprit, et qui faisait de très jolis vers. L'ambassade d'un duc et pair et d'un poète semblait devoir flatter la vanité et le goût de Frédéric; il se moqua du roi de France, et signa son traité avec l'Angleterre le jour même que l'ambassadeur arriva à Berlin, joua très poliment le duc et pair, et fit une épigramme contre le poète.

✳

C'était alors le privilège de la poésie de gouverner les Etats. Il y avait un autre poète à Paris, homme de condition, fort pauvre, mais très aimable, en un mot l'abbé de Bernis, depuis cardinal. Il avait débuté par faire des vers comme moi, et ensuite devenu mon ami, ce qui ne lui servait à rien; mais il était devenu celui de Mme de Pompadour, et cela lui fut plus utile. On l'avait envoyé du Parnasse en ambassade à Venise; il était alors à Paris avec un très grand crédit.

Le roi de Prusse, dans ce beau livre de *poëshies* que ce M. Freytag redemandait à Francfort avec tant d'instance, avait glissé un vers contre l'abbé de Bernis:

> Evitez de Bernis la stérile abondance.

Je ne crois pas que ce livre et ce vers fussent parvenus jusqu'à l'abbé; mais, comme Dieu est juste, Dieu se servit de lui pour venger la France du roi de Prusse.

L'abbé conclut un traité offensif et défensif avec M. de Stahremberg, ambassadeur d'Autriche, en dépit de Rouillé, alors ministre des affaires étrangères.

Mme de Pompadour présida à cette négociation: Rouillé fut obligé de signer le traité conjointement avec l'abbé de Bernis, ce qui était sans exemple. Ce ministre Rouillé, il faut l'avouer, était le plus inepte secrétaire d'Etat que jamais roi de France ait eu, et le pédant le plus ignorant qui fût dans la robe. Il avait demandé un jour si la Vétéravie était en Italie. Tant qu'il n'y eut point d'affaires épineuses à traiter, on le souffrit; mais, dès qu'on eut de grands objets, on sentit son insuffisance, on le renvoya, et l'abbé de Bernis eut sa place.

Mlle Poisson, dame Le Normand, marquise de Pompadour, était réellement premier ministre d'Etat. Certains termes outrageants lâchés contre elle par Frédéric, qui n'épargnait ni les femmes ni les poètes, avait blessé le cœur de la marquise, et ne contribuèrent pas peu à cette révolution dans les affaires qui réunit en un moment les maisons de France et d'Autriche, après plus de deux cents ans d'une haine réputée immortelle.

La cour de France, qui avait prétendu en 1741 écraser l'Autriche, la soutint en 1756, et enfin l'on vit la France, la Russie, la Suède, la Hongrie, la moitié de l'Allemagne et le fiscal de l'Empire, déclarés contre le seul marquis de Brandebourg.

Ce prince, dont l'aïeul pouvait à peine entretenir vingt mille hommes, avait une armée de cent mille fantassins et de quarante mille cavaliers, bien composée, encore mieux exercée, pourvue de tout; mais enfin il y avait plus de quatre cent mille hommes en armes contre le Brandebourg.

✳

Il arriva, dans cette guerre, que chaque parti prit d'abord tout ce qu'il était à portée de prendre.

Frédéric prit la Saxe, la France prit les Etats de Frédéric depuis la ville de Gueldres jusqu'à Minden, sur le Wéser, et s'empara pour un temps de tout l'électorat de Hanovre et de la Hesse, alliée de Frédéric; l'impératrice de Russie prit toute la Prusse; ce roi, battu d'abord par les Russes, battit les Autrichiens, et ensuite fut battu dans la Bohême le 18 de juin 1757.

La perte d'une bataille semblait devoir écraser ce monarque; pressé de tous côtés par les Russes, par les Autrichiens et par la France, lui-même se crut perdu. Le maréchal de Richelieu venait de conclure près de Stade un traité avec les Hanovriens et les Hessois, qui ressemblait à celui des Fourches Caudines. Leur armée ne devait plus servir; le maréchal était près d'entrer dans la Saxe avec soixante mille hommes; le prince de Soubise allait y entrer d'un autre côté avec plus de trente mille, et était secondé de l'armée des Cercles de l'Empire; de là on marchait à Berlin.

Les Autrichiens avaient gagné un second combat, et étaient déjà dans Breslau; un de leurs généraux même avait fait une course jusqu'à Berlin, et l'avait mis à contribution: le trésor du roi de Prusse était presque épuisé, et bientôt il ne devait plus lui rester un village; on allait le mettre au ban de l'Empire; son procès était commencé; il était déclaré rebelle; et, s'il était pris, l'apparence était qu'il aurait été condamné à perdre la tête.

Dans ces extrémités, il lui passa dans l'esprit de vouloir se tuer.

Il écrivit à sa sœur, Mme la margrave de Baireuth, qu'il allait terminer sa vie: il ne voulut point finir la pièce sans quelques vers; la passion de la poésie était encore plus forte en lui que la haine de la vie.

Il écrivit donc au marquis d'Argens une longue épître en vers, dans laquelle il lui faisait part de sa résolution, et lui disait adieu. Quelque singulière que soit cette épître, par le sujet et par celui qui l'a écrite, et par le personnage à qui elle est adressée, il n'y a pas moyen de la transcrire ici tout entière, tant il y a de répétitions; mais on y trouve quelques morceaux assez bien tournés pour un roi du Nord; en voici plusieurs passages:

> Ami, le sort en est jeté:
> Las de plier dans l'infortune,
> Sous le joug de l'adversité,
> J'accourcis le temps arrêté
> Que la nature notre mère
> A mes jours remplis de misère
> A daigné prodiguer par libéralité.
> D'un cœur assuré, d'un œil ferme,
> Je m'approche de l'heureux terme
> Qui va me garantir contre les coups du sort.
> Sans timidité, sans effort...
> Adieu, grandeurs; adieu, chimères;
> De vos bluettes passagères
> Mes yeux ne sont plus éblouis.
> Si votre faux éclat de ma naissante aurore
> Fit trop imprudemment éclore
> Des désirs indiscrets, longtemps évanouis,
> Au sein de la philosophie,
> Ecole de la vérité,
> Zénon me détrompa de la frivolité
> Qui produit les erreurs du songe de la vie...

**

> Adieu, divine volupté;
> Adieu, plaisirs charmants, qui flattez la mollesse,
> Et dont la troupe enchanteresse
> Par des liens de fleurs enchaîne la gaîté...
> Mais que fais-je, grand Dieu! courbé sous la tristesse,
> Est-ce à moi de nommer les plaisirs, l'allégresse?

> Et sous la griffe du vautour
> Voit-on la tendre tourterelle
> Et la plaintive Philomèle
> Chanter ou respirer l'amour?
> Depuis longtemps pour moi l'astre de la lumière
> N'éclaira que des jours signalés par mes maux;
> Depuis longtemps Morphée, avare de pavots,
> N'en daigne plus jeter sur ma triste paupière.
> Je disais au matin, les yeux couverts de pleurs:
> « Le jour, qui dans peu va paraître,
> M'annonce de nouveaux malheurs. »
> Je disais à la nuit: « Tu vas bientôt renaître
> Pour éterniser mes douleurs... »

**

> Vous, de la liberté héros que je révère,
> O mânes de Caton, ô mânes de Brutus!
> Votre illustre exemple m'éclaire
> Parmi l'erreur et les abus;
> C'est votre flambeau funéraire
> Qui m'instruit du chemin, peu connu du vulgaire,
> Que nous avaient tracé vos antiques vertus...
> J'écarte les romans et les pompeux fantômes
> Qu'engendra de ses flancs la Superstition;
> Et, pour approfondir la nature des hommes,
> Pour connaître ce que nous sommes,
> Je ne m'adresse point à la Religion.

**

> J'apprends de mon maître Epicure
> Que du temps la cruelle injure
> Dissout les êtres composés;
> Que ce souffle, cette étincelle,
> Ce feu vivifiant des corps organisés,
> N'est point de nature immortelle.
> Il naît avec le corps, s'accroît dans les enfants,
> Souffre de la douleur cruelle;
> Il s'égare, il s'éclipse, il baisse avec les ans.
> Sans doute il périra quand la nuit éternelle
> Viendra nous arracher du nombre des vivants...

**

> Vaincu, persécuté, fugitif dans le monde,
> Trahi par des amis pervers,
> Je souffre en ma douleur profonde
> Plus de maux dans cet univers
> Que, dans les fictions de la Fable féconde,
> N'en a jamais souffert Prométhée aux enfers.
> Ainsi pour terminer mes peines,
> Comme ces malheureux au fond de leurs cachots,
> Las d'un destin cruel, et trompant leurs bourreaux,
> D'un noble effort brisent leurs chaînes;
> Sans s'embarrasser des moyens,
> Je romps les funestes liens
> Dont la subtile et fine trame
> A ce corps rongé de chagrins
> Trop longtemps attacha mon âme.
> Tu vois dans ce cruel tableau
> De mon trépas la juste cause.
> Au moins ne pense pas du néant du caveau
> Que j'aspire à l'apothéose...

> Mais lorsque le printemps, paraissant de nouveau,
> De son sein abondant t'offre les fleurs écloses,
> Chaque fois d'un bouquet de myrtes et de roses
> Souviens-toi d'orner mon tombeau.

Il m'envoya cette épître écrite de sa main. Il y a plusieurs hémistiches pillés de l'abbé de Chaulieu et de moi. Les idées sont incohérentes, les vers en général mal faits, mais il y en a de bons; et c'est beaucoup pour un roi de faire une épître de deux cents mauvais vers dans l'état où il était. Il voulait qu'on dît qu'il avait conservé tout la présence et toute la liberté de son esprit dans un moment où les hommes n'en ont guère.

⁂

La lettre qu'il m'écrivit témoignait les mêmes sentiments; mais il y avait moins de myrtes et de roses, et d'Ixion et de douleur profonde.

Je combattis en prose la résolution qu'il disait avoir prise de mourir, et je n'eus pas de peine à le déterminer à vivre.

Je lui conseillai d'entamer une négociation avec le maréchal de Richelieu, d'imiter le duc de Cumberland; je pris enfin toutes les libertés qu'on peut prendre avec un poète désespéré, qui était tout près de n'être plus roi.

Il écrivit en effet au maréchal de Richelieu; mais, n'ayant pas de réponse, il résolut de nous battre.

Il me manda qu'il allait combattre le prince de Soubise; sa lettre finissait par des vers plus dignes de sa situation, de sa dignité, de son courage et de son esprit:

> Quand on est voisin du naufrage,
> Il faut, en affrontant l'orage,
> Penser, vivre et mourir en roi.

En marchant aux Français et aux Impériaux, il écrivit à Mme la margrave de Baireuth, sa sœur, qu'il se ferait tuer; mais il fut plus heureux qu'il ne le disait et qu'il ne le croyait. Il attendit, le 5 de novembre 1757, l'armée française et impériale dans un poste assez avantageux, à Rosbach, sur les frontières de la Saxe; et, comme il avait toujours parlé de se faire tuer, il voulut que son frère, le prince Henri, acquittât sa promesse à la tête de cinq bataillons prussiens qui devaient soutenir le premier effort des armées ennemies, tandis que son artillerie les foudroierait et que sa cavalerie attaquerait la leur.

En effet, le prince Henri fut légèrement blessé à la gorge d'un coup de fusil; et ce fut, je crois, le seul Prussien blessé à cette journée. Les Français et les Autrichiens s'enfuirent à la première décharge. Ce fut la déroute la plus inouïe et la plus complète dont l'histoire ait jamais parlé. Cette bataille de Rosbach sera longtemps célèbre. On vit trente mille Français et vingt mille Impériaux prendre une fuite honteuse et précipitée devant cinq bataillons et quelques escadrons. Les défaites d'Azincourt, de Crécy, de Poitiers, ne furent pas si humiliantes.

⁂

La discipline et l'exercice militaire que son père avait établis, et que le fils avait fortifiés, furent la véritable cause de cette étrange victoire.

L'exercice prussien s'était perfectionné pendant cinquante ans.

On avait voulu l'imiter en France comme dans tous les autres Etats; mais on n'avait pu faire en trois ou quatre ans, avec des Français peu disciplinables, ce qu'on avait fait pendant cinquante ans avec des Prussiens; on avait même changé les manœuvres en France presque à chaque revue, de sorte que les officiers et les soldats, ayant mal appris des exercices nouveaux et tout différents les uns des autres, n'avaient rien appris du tout, et n'avaient réellement aucune discipline ni aucun exercice. En un mot, à la seule vue des Prussiens, tout fut en déroute, et la fortune fit passer Frédéric, en un quart d'heure, du comble du désespoir à celui du bonheur et de la gloire.

Cependant il craignait que ce bonheur ne fût très passager; il craignait d'avoir à porter tout le poids de la puissance de la France, de la Russie et de l'Autriche, et il aurait bien voulu détacher Louis XV de Marie-Thérèse.

XIII. — La France et la Prusse en guerre.

Les suites de la journée de Rosbach. — Voltaire chargé d'une mission diplomatique. — Le cardinal de Tencin meurt de chagrin. — Ce qu'il en coûte à la France de se battre pour Marie-Thérèse. — La Prusse, victorieuse de l'Autriche, s'empare de toute la Silésie. — L'Europe à la fin de l'année 1759. — Une bataille poétique. — Au début de l'année 1760, Voltaire reçoit du roi de Prusse des propositions de paix.

A funeste journée de Rosbach faisait murmurer toute la France contre le traité de l'abbé de Bernis avec la cour de Vienne.

Le cardinal de Tencin, archevêque de Lyon, avait toujours conservé son rang de ministre d'Etat, et une correspondance avec le roi de France; il était plus opposé que personne à l'alliance avec la cour autrichienne. Il m'avait fait à Lyon une réception dont il pouvait croire que j'étais peu satisfait; cependant l'envie de se mêler d'intrigues, qui le suivait dans sa retraite et qui, à ce qu'on prétend, n'abandonne jamais les hommes en place, le porta à se lier avec moi, pour engager Mme la margrave de Baireuth à s'en remettre à lui et à lui confier les intérêts du roi son frère. Il voulait réconcilier le roi de Prusse avec le roi de France, et croyait procurer la paix. Il n'était pas bien difficile de porter Mme de Baireuth et le roi son frère à cette négociation; je m'en chargeai avec d'autant plus de plaisir que je voyais très bien qu'elle ne réussirait pas.

Mme la margrave de Baireuth écrivit de la part du roi son frère. C'était par moi que passaient les lettres de cette princesse et du cardinal: j'avais en secret la satisfaction d'être l'entremetteur de cette grande affaire, et peut-être encore un autre plaisir, celui de sentir que mon cardinal se préparait un grand dégoût. Il écrivit une belle lettre au roi en lui envoyant celle de la margrave; mais il fut tout étonné que le roi lui répondît assez sèchement que le secrétaire d'Etat des affaires étrangères l'instruirait de ses intentions.

En effet, l'abbé de Bernis dicta au cardinal la réponse qu'il devait faire: cette réponse était un refus net d'entrer en négociation. Il fut obligé de signer le modèle de la lettre que lui envoyait l'abbé de Bernis; il m'envoya cette triste lettre qui finissait tout, et il en mourut de chagrin au bout de quinze jours.

Je n'ai jamais trop conçu comment on meurt de chagrin, et comment des ministres et de vieux cardinaux, qui ont l'âme si dure, ont pourtant assez de sensibilité pour être frappés à mort pour un petit dégoût: mon dessein avait été de me moquer de lui, de le mortifier, et non pas de le faire mourir.

⁎

Il y avait une espèce de grandeur dans le ministère de France à refuser la paix du roi de Prusse, après avoir été battu et humilié par lui; il y avait de la fidélité et bien de la bonté de se sacrifier encore pour la maison d'Autriche: ces vertus furent longtemps mal récompensées par la fortune.

Les Hanovriens, les Brunswickois, les Hessois, furent moins fidèles à leurs traités, et s'en trouvèrent mieux. Ils avaient stipulé avec le maréchal de Richelieu qu'ils ne serviraient plus contre nous; qu'ils repasseraient l'Elbe, au delà duquel on les avait renvoyés; ils rompirent leur marché des Fourches Caudines, dès qu'ils surent que nous avions été battus à Rosbach. L'indiscipline, la désertion, les maladies, détruisirent notre armée, et le résultat de toutes nos opérations fut, au printemps de 1758, d'avoir perdu trois cent millions et cinquante mille hommes en Allemagne pour Marie-Thérèse, comme nous avions fait dans la guerre de 1741, en combattant contre elle.

Le roi de Prusse, qui avait battu nos armées dans la Thuringe, à Rosbach, s'en alla combattre l'armée autrichienne à soixante lieues de là. Les Français pouvaient encore entrer en Saxe, les vainqueurs marchaient ailleurs; rien n'aurait arrêté les Français; mais ils avaient jeté leurs armes, perdu leurs canons, leurs munitions, leurs vivres, et surtout la tête. Ils s'éparpillèrent. On rassembla leurs débris difficilement.

Frédéric, au bout d'un mois, remporte à pareil jour une victoire plus signalée et plus disputée sur l'armée d'Autriche, auprès de Breslau, il y fait quinze mille prisonniers; le reste de la Silésie rentre sous ses lois: Gustave-Adolphe n'avait pas fait de si grandes choses. Il fallut bien alors lui pardonner ses vers, ses plaisanteries, ses petites malices, et même ses péchés contre le sexe féminin.

⁎

Les hommes sont bien sots, et je crois qu'il vaut mieux bâtir un beau château, comme j'ai fait, y jouer la comédie et y faire bonne chère, que d'être lapidé à Paris, comme Helvétius, par les gens tenant la cour du parlement et par les gens tenant l'écurie de la Sorbonne. Comme je ne pouvais assurément ni rendre les hommes plus raisonnables, ni le parlement moins pédant, ni les théologiens moins ridicules, je continuai à être heureux loin d'eux.

Je suis quasi honteux de l'être en contemplant du port tous les orages: je vois l'Allemagne inondée de sang, la France ruinée de fond en comble, nos armées, nos flottes battues, nos ministres renvoyés l'un après l'autre, sans que nos affaires en aillent mieux; le roi de Portugal assassiné, non pas par un laquais, mais par les grands du pays, et cette fois-ci, les jésuites ne peuvent pas dire: « Ce n'est pas nous. » Ils avaient conservé leur droit, et il a été bien prouvé depuis que les bons pères avaient saintement mis le couteau dans les mains des parricides. Ils disent pour leurs raisons qu'ils sont souverains au Paraguay, et qu'ils ont traité avec le roi de Portugal de couronne à couronne.

Voici une petite aventure aussi singulière qu'on en ait vu depuis qu'il y a eu des rois et des poètes sur la terre: Frédéric, ayant passé un temps assez long à garder les frontières de la Silésie dans un camp inexpugnable, s'y est ennuyé, et, pour passer le temps, il a fait une ode contre la France et contre le roi. Il m'envoya, au commencement de mai 1759, son ode signée Frédéric, et accompagnée d'un paquet énorme de vers et de prose. J'ouvre le paquet, et je m'aperçois que je ne suis pas le premier qui l'ait ouvert: il était visible qu'en chemin il avait été décacheté. Je fus transi de frayeur en lisant dans l'ode la strophe suivante:

> O nation folle et vaine,
> Quoi! sont-ce là ces guerriers
> Sous Luxembourg et sous Turenne,
> Couverts d'immortels lauriers?
> Qui, vrais amants de la gloire,
> Affrontaient pour la victoire
> Les dangers et le trépas?
> Je vois leur vil assemblage
> Aussi vaillant au pillage
> Que lâche dans les combats.
>
> Quoi! votre faible monarque,
> Jouet de la Pompadour,
> Flétri par plus d'une marque
> Des opprobres de l'amour,
> Lui qui, détestant les peines,
> Au hasard remet les rênes
> De son empire aux abois,
> Cet esclave parle en maître!
> Ce Céladon sous un hêtre
> Croit dicter le sort des rois!

Je tremblai donc en voyant ces vers parmi lesquels il y en a de très bons, ou du moins qui passeront pour tels. J'ai malheureusement la réputation méritée d'avoir jusqu'ici corrigé les vers du roi de Prusse. Le paquet a été ouvert en chemin, les vers transpireront dans le public, le roi de France les croira de moi, et me voilà criminel de lèse-majesté, et, qui pis est, coupable envers Mme de Pompadour.

⁎

Dans cette perplexité, je priai le résident de France à Genève de venir chez moi; je lui montre le paquet; il convient qu'il a été décacheté avant de me parvenir. Il juge qu'il n'y a pas d'autre parti à prendre, dans une affaire où il y allait de ma tête, que d'envoyer le paquet à M. le duc de Choiseul, ministre en France: en toute autre circonstance, je n'aurais point fait cette démarche; mais j'étais obligé de prévenir ma ruine: je faisais connaître à la cour tout le fond du caractère de son ennemi. Je savais bien que le duc de Choiseul n'en abuserait pas, et qu'il se bornerait à persuader le roi de France que le roi de Prusse était un ennemi irréconciliable qu'il fallait écraser, si on pouvait. Le duc de Choiseul ne se borna pas là; c'est un homme de beaucoup d'esprit, il fait des vers, il a des amis qui en font; il paya le roi de Prusse en même monnaie, et m'envoya une ode contre Frédéric, aussi mordante, aussi terrible que l'était celle de Frédéric contre nous. En voici des échantillons détachés:

> Vois, malgré la garde romaine,
> Néron poursuivi sur la scène
> Par les mépris des légions;
> Vois l'oppresseur de Syracuse
> Sans fruit prostituant sa muse
> Aux insultes des nations.
>
> Jusque-là, censeur moins sauvage,
> Souffre l'innocent badinage
> De la nature et des amours.
> Peux-tu condamner la tendresse,
> Toi qui n'en a connu l'ivresse
> Que dans les bras de tes tambours?

Le duc de Choiseul, en me faisant parvenir cette réponse, m'assura qu'il allait la faire imprimer, si le roi de Prusse publiait son ouvrage, et qu'on battrait Frédéric à coups de plume comme on espérait le battre à coups d'épée. Il ne tenait qu'à moi, si j'avais voulu me réjouir, de voir le roi de France et le roi de Prusse faire la guerre en vers: c'était une scène nouvelle dans le monde. Je me donnai un autre plaisir, celui d'être plus sage que Frédéric: je lui écrivis que son ode était fort belle, mais qu'il ne devait pas la rendre publique, qu'il n'avait pas besoin de cette gloire, qu'il ne devait pas se fermer toutes les voies de réconciliation avec le roi de France, l'aigrir sans retour, et le forcer à faire les derniers efforts pour tirer de lui une juste vengeance. J'ajoutai que ma nièce avait brûlé son ode, dans la crainte mortelle qu'elle ne me fût imputée. Il me crut, me remercia, non sans quelques reproches d'avoir brûlé les plus beaux vers qu'il eût faits en sa vie. Le duc de Choiseul, de son côté, tint parole et fut discret.

*
**

Pour rendre la plaisanterie complète, j'imaginai de poser les premiers fondements de la paix de l'Europe sur ces deux pièces qui devaient perpétuer la guerre jusqu'à ce que Frédéric fût écrasé.

Ma correspondance avec le duc de Choiseul me fit naître cette idée; elle me parut ridicule, si digne de tout ce qui se passait alors, que je l'embrassai; et je me donnai la satisfaction de prouver par moi-même sur quels petits et faibles pivots roulent les destinées des royaumes. M. de Choiseul m'écrivit plusieurs lettres ostensibles tellement conçues que le roi de Prusse put se hasarder à faire quelques ouvertures de paix, sans que l'Autriche pût prendre ombrage du ministère de France; et Frédéric m'en écrivit de pareilles dans lesquelles il ne risquait pas de déplaire à la cour de Londres. Ce commerce très délicat dure encore; il ressemble aux mines que font deux chats qui montrent d'un côté patte de velours et des griffes de l'autre. Le roi de Prusse, battu par les Russes, et ayant perdu Dresde, a besoin de la paix; la France, battue sur terre par les Hanovriens, et sur mer par les An-glais, ayant perdu son argent très mal à propos, est forcée de finir cette guerre ruineuse.

Voilà, belle Emilie, à quel point nous en sommes.

*
**

Aux Délices, ce 27 de novembre 1759.

Je continue, et ce sont toujours des choses singulières. Le roi de Prusse m'écrit du 17 de décembre: « Je vous en manderai davantage de Dresde, où je serai dans trois jours »; et le troisième jour il est battu par le maréchal Daun, et il perd dix-huit mille hommes. Il me semble que tout ce que je vois est la fable du *Pot au lait*. Notre grand marin Berryer, ci-devant lieutenant de police à Paris, et qui a passé de ce poste à celui de secrétaire d'Etat et de ministre des mers, sans avoir jamais vu d'autre flotte que la galiote de Saint-Cloud et le coche d'Auxerre; notre Berryer, dis-je, s'était mis dans la tête de faire un bel armement naval pour opérer une descente en Angleterre: à peine notre flotte a-t-elle mis le nez hors de Brest qu'elle a été battue par les Anglais, brisée par les rochers, détruite par les vents, ou engloutie dans la mer.

*
**

12 de février 1760.

Enfin, après quelques perfidies du roi de Prusse, comme d'avoir envoyé à Londres des lettres que je lui avait confiées, d'avoir voulu semer la zizanie entre nous et nos alliés, toutes perfidies très permises à un grand roi, surtout en temps de guerre, je reçois des propositions de paix de la main du roi de Prusse, non sans quelques vers; il faut toujours qu'il en fasse. Je les envoie à Versailles; je doute qu'on les accepte: il ne veut rien céder, et il propose, pour dédommager l'électeur de Saxe, qu'on lui donne Erfurt, qui appartient à l'électeur de Mayence: il faut toujours qu'il dépouille quelqu'un; c'est sa façon. Nous verrons ce qui résultera de ces idées, et surtout de la campagne qu'on va faire.

Comme cette grande et horrible tragédie est toujours mêlée de comique, on vient d'imprimer à Paris les *Poëshies du roi mon maître*, comme disait Freytag; il y a une épître au maréchal Keith, dans laquelle il se moque beaucoup de l'immortalité de l'âme et des chrétiens. Les dévots n'en sont pas contents, les prêtres calvinistes murmurent; ces pédants le regardaient comme le soutien de la bonne cause, ils l'admiraient quand il jetait dans les cachots les magistrats de Leipsig, et qu'il vendait leurs lits pour avoir leur argent.

Mais depuis qu'il s'est avisé de traduire quelques passages de Sénèque, de Lucrèce et de Cicéron, ils le regardent comme un monstre.

LES
MATINÉES DU ROI DE PRUSSE

PETIT BREVIAIRE DE LA POLITIQUE PRUSSIENNE

PREMIÈRE MATINÉE

Origine de notre maison.

Le vol c'est la propriété. — La Prusse devient royaume. La pauvreté du sol. — Les sujets sont tyrans ou esclaves. — Les femmes. — Les filles encouragées à faire des bâtards

ANS le temps des désordres et de la confusion, on vit s'élever au milieu des nations barbares un commencement de souveraineté nouvelle.

Les gouverneurs des différents pays secouèrent le joug, et, bientôt devenus assez puissants pour se faire craindre par leurs maîtres, ils obtinrent des privilèges dont ils abusèrent, ou, pour mieux dire, par la forme d'un genouil à terre, ils emportèrent le fond.

Dans le nombre de ces audacieux, il y en a plusieurs qui ont jeté les fondements des plus grandes monarchies, et peut-être même, à bien compter, tous les empereurs, rois et princes leur doivent leurs Etats.

Pour nous, nous sommes à coup sûr dans ce cas.

Vous rougissez; allez, je vous le pardonne; mais ne vous avisez plus de faire l'enfant, et sachez pour toujours qu'en fait de royaumes *l'on prend quand on peut, et l'on n'a jamais tort que quand on est obligé de rendre.*

Le premier de nos ancêtres qui acquit quelques droits de souveraineté dans le pays qu'il gouvernait, fut Tassillon, comte de Hohenzollern; le treizième de ses descendants fut burgrave de Nuremberg, le vingt-cinquième électeur de Brandebourg, et le trente-septième roi de Prusse.

Notre maison a eu, ainsi que toutes les autres, ses Achilles, ses Cicérons, ses Nestors, ses imbéciles et ses fainéants, ses femmes savantes, ses marâtres et à coup sûr ses femmes galantes; elle s'est aussi souvent agrandie par les droits qu'on ne connaît que chez les princes heureux ou qui sont les plus forts; car on voit dans l'ordre de nos successions celles de convenance, d'expectative et de protection

Depuis Tassillon jusqu'au grand électeur, nous n'avons fait que végéter: nous avions dans l'Empire cinquante princes qui ne nous cédaient en rien, et, à proprement parler, nous n'étions qu'une branche du grand lustre d'Allemagne.

Guillaume le Grand par ses actions éclatantes nous tira du pair.

Et enfin, en 1701 (cela n'est pas bien vieux), la vanité mit sur la tête de mon grand-père une couronne, et c'est à cette époque que nous pouvons rapporter notre véritable existence, puisqu'elle nous mit dans le cas de disposer en roi et de traiter en égal avec toutes les puissances du monde.

Si nous comptions les vertus de nos ancêtres, nous verrions aisément que ce n'est pas à ces avantages que notre maison doit son agrandissement. Nous avons eu la plus grande partie de nos princes qui se sont mal conduits, mais ce sont les hasards et les circonstances qui nous ont bien servis.

Je vous ferai même observer que notre premier diadème s'est posé sur une tête des plus vaines et des plus légères et sur un corps tortu et bossu.

Je vois bien, mon cher neveu, que je vous laisse dans l'embarras sur notre origine.

On prétend que ce comte de Hohenzollern était d'une grande maison; mais, dans le fond, personne ne s'est poussé avec moins de titres! au reste, il y a longtemps que nous sommes nés bons gentilshommes, ainsi tenons-nous-en là.

LA POSITION DE MON ROYAUME

Je ne suis pas des plus heureux de ce côté-là; pour vous en convaincre, jetez les yeux sur la carte, et vous verrez que la plus grande partie de mes Etats est divisée de façon à ne pouvoir pas se donner de secours mutuels. Je n'ai pas de grandes rivières qui traversent mes provinces; quelques-unes les côtoient, mais peu les entrecoupent.

Un grand tiers de mes Etats est en friche, un autre tiers est en bois, rivières et marais. Le tiers qui est cultivé ne rapporte ni vin, ni olivier, ni mûrier. Tous les fruits et tous les légumes n'y viennent qu'à force de soins, mais fort peu au véritable point de perfection. J'ai seulement des cantons où le seigle et le froment ont quelque réputation.

LES MŒURS ET LES HABITANTS

Je ne saurais rien fixer sur ce point, parce que mes Etats sont des pièces rapportées.

Tout ce que je puis dire d'assez certain, c'est qu'en général tous mes sujets sont braves et durs, peu friants, mais ivrognes.

Tyrans dans leurs terres et esclaves à mon service, amants insipides et maris bourrus, d'un grand sang-froid que je tiens au fond pour bêtise, et savants dans le droit, peu philosophes, moins poètes et encore moins orateurs, affectant une grande simplicité dans la parure, mais se tenant pour bien mis avec une petite bourse aux cheveux et un grand chapeau, des manchettes d'une aune, des bottes jusqu'à la ceinture, une petite canne, un habit très court et une veste fort longue.

Pour les femmes, elle sont presque toutes grosses ou nourrices.

Elles sont d'une grande douceur, aimant leur ménage et assez fidèles à leurs maris. Quant aux filles, elles jouissent du privilège à la mode; j'en suis si peu fâché que j'ai cherché à excuser leurs faiblesses dans mes mémoires. Il faut bien mettre ces pauvres créatures à leur aise, pour éviter qu'elles n'apprennent une pratique qui les ferait s'amuser en sûreté et qui causerait un grand préjudice à l'Etat; et même, pour mieux les encourager, j'ai soin de donner dans mes régiments la préférence au fruit de leurs amours, et, s'il doit le jour à un officier, je le fais porte-enseigne, et souvent officier avant son tour.

—————o—————

DEUXIÈME MATINÉE

———

De la Religion.

La vraie religion d'un prince, c'est son intérêt. — Les inconvénients de la morale pour un prince. — Il doit changer de religion selon qu'il en a profit. — Une religion nouvelle.

LA religion est absolument nécessaire à un Etat; c'est une maxime qu'il serait fou de vouloir disputer, et un roi est très maladroit quand il permet que ses sujets en abusent; mais aussi un roi n'est pas sage d'en avoir.

Ecoutez bien ceci, mon cher neveu: il n'y a rien qui tyrannise tant l'esprit et le cœur que la religion, parce qu'elle ne s'accorde ni avec nos passions, ni avec les grandes vues politiques qu'un monarque doit avoir.

La vraie religion d'un prince, c'est son propre intérêt et sa gloire.

Il doit être dispensé par état d'en connaître d'autre. Il peut cependant conserver un extérieur passager pour amuser ceux qui l'observent et l'entourent.

S'il craint Dieu, ou, pour parler comme les prêtres et les femmes, s'il craint l'enfer, comme Louis XIV dans sa vieillesse, il devient timide ou puéril, il est digne d'être capucin.

Est-il question de profiter d'un moment favorable pour s'emparer d'une province voisine, une armée de diables se présente à nos yeux pour la défendre, nous sommes assez faibles pour croire que c'est une injustice, et nous proportionnons nous-mêmes le châtiment à notre crime.

Voulons-nous faire un traité avec quelque puissance, si nous nous souvenons seulement que nous sommes chrétiens, tout est perdu.

Nous serons toujours dupes pour la guerre: *c'est un métier où le plus petit scrupule gâterait tout. En effet, quel est l'honnête homme qui voudrait la faire, si l'on n'avait pas le droit de faire des règles qui permettent le pillage, le feu et le carnage.*

Je ne dis pourtant pas qu'il faille afficher l'impiété et l'athéisme, mais il faut penser selon le rang qu'on occupe.

Tous les papes qui ont eu le sens commun ont eu des principes de religion propres à leur agrandissement.

Ce serait le comble de la folie, si un prince s'attachait à de petites misères qui ne sont faites que pour le peuple.

D'ailleurs, le meilleur moyen pour écarter le fanatisme des Etats, c'est d'être de la plus belle indifférence du monde sur la religion.

Croyez-moi, mon cher neveu, la sainte Mère a ses caprices comme une femme: elle est toujours inconstante; attachez-vous donc à la vraie philosophie, elle est consolante, lumineuse, forte et inépuisable comme la nature, et bientôt vous verrez qu'il n'y aura dans votre royaume aucune dispute de conséquence sur cet objet; car les partis ne se forment que sur la faiblesse des princes ou de leurs ministres.

LA TOLÉRANCE ET LES SECTES RELIGIEUSES

Une réflexion importante que j'ai à vous faire, c'est que vos ancêtres ont opéré de la façon la plus sensée dans cette partie; ils ont fait une réforme qui leur a donné un air d'apôtres, en remplissant leur bourse.

C'est sans contredit le changement le plus raisonnable qui soit jamais arrivé dans cette espèce de matière; mais, puisqu'il n'y a presque plus rien à gagner, et qu'il serait dangereux dans ce moment-ci de marcher sur leurs traces, il faut s'en tenir à la tolérance.

Retenez bien ce principe, mon cher neveu, et dites toujours comme moi, que l'on prie Dieu dans mon royaume comme l'on veut, et que l'on y f... comme l'on peut; car pour peu que vous paraissiez négliger cette matière, tout est perdu dans vos Etats, et voici pourquoi.

Mon royaume est composé de plusieurs sectes. Dans certaines provinces, les réformés sont en possession de toutes les charges; dans d'autres, les luthériens ont les mêmes avantages; il y en a où les catholiques dominent au point que le roi ne peut y envoyer qu'un ou deux députés protestants. Quant aux juifs, ce sont de pauvres diables qui n'ont pas dans le fond autant tort qu'on le dit: ils payent bien cher, et après tout ils ne dupent que les sots; et de tous les fanatiques ignorants et aveugles, j'ose vous protester que les Romains sont les plus ardents et les plus atroces.

Les prêtres, dans cette extravagante religion, sont des bêtes féroces, qui ne prêchent qu'une soumission aveugle à leurs décrets, et qui commandent en despotes. Ils sont assassins, voleurs, violateurs, et d'une ambition inexprimable. Voyez Rome! avec quelle insolente stupidité elle ose s'arroger le droit de commander aux monarques! Quant aux juifs, ce sont de pauvres petits fripons errants: rebutés, haïs, persécutés presque partout, ils payent assez exactement ceux qui les souffrent, et se vengent en dupant les sots qu'ils rencontrent sur leur route.

POURQUOI NOUS CHANGEAMES DE RELIGION

Comme nos aïeux se firent chrétiens dans le neuvième siècle pour plaire aux empereurs, *luthériens dans le quinzième pour prendre le bien de l'Eglise*, réformés dans le seizième pour plaire aux Hollandais dans la succession de Clèves, nous pourrions bien nous rendre indifférents pour maintenir la tranquillité de nos Etats.

Mon père avait un projet excellent, mais qui ne lui réussit pas. Il avait engagé le président Laen à lui faire un petit traité de religion pour réunir les trois sectes et n'en faire qu'une. Le président parlait mal du pape, traitait saint Joseph de bonhomme, prenait le chien de saint Roch par les oreilles et tirait le cochon de saint Antoine par la queue; il ne croyait pas à la chaste Suzanne; il regardait saint Bernard et saint Dominique comme des courtisans aussi déliés que fourbes, et récusait saint François de Sales pour saint.

Les onze mille vierges n'avaient pas plus de crédit sur son esprit que tous les saints et tous les martyrs de Loyola; quant aux mystères, il convenait qu'il ne fallait pas vouloir les expliquer, mais qu'il fallait vouloir mettre du bon sens à tout et ne pas s'en tenir aux mots.

A l'égard des luthériens, il en faisait son point d'appui; il voulait que les catholiques devinssent un peu infidèles à la cour de Rome, mais il prétendait que les luthériens cessassent d'être aussi subtils dans la dispute; il prétendait que, quelques distinctions ôtées, il était sûr qu'on les trouverait très près les uns des autres.

Il croyait qu'il y aurait plus de peine à rapprocher les calvinistes, parce qu'ils avaient plus de titres que les luthériens; il proposait cependant un bon expédient, qui est de n'avoir que Dieu pour confident quand on communiait.

Il regardait le culte des images comme une amorce pour le peuple; il croyait qu'il fallait à un paysan un saint quelconque; pour les moines, il les expulsait, parce qu'il les regardait comme des ennemis, à qui il faut une forte contribution.

Quant aux prêtres, il leur donnait leurs gouvernantes pour femmes.

Ceci a fait beaucoup de bruit parce que les bonnes dames prétendaient qu'elles étaient lésées, et que c'était un sacrilège parce qu'on touchait aux mystères.

Si cette brochure avait été goûtée, on aurait fait tous ses efforts pour exécuter le projet qu'on avait formé.

Pour moi, je ne l'ai point abandonné, mon cher neveu, et je me flatte de vous en faciliter l'exécution. Il faut être utile à tout le genre humain en les rendant tous frères, et en leur faisant une loi douce et facile de vivre ensemble comme amis et comme parents en leur inculquant la nécessité absolue de vivre et mourir en paix, et de faire leur unique bonheur des vertus sociales.

Ces maximes une fois germées dans le cœur des enfants, l'univers ne sera plus qu'une nombreuse famille, et le siècle d'or, si vanté, n'approchera pas d'une félicité telle que je la souhaite ardemment et dont on jouira sans altération.

Voici ce que je fais pour cela.

PROJET DE RELIGION NOUVELLE

Je tâche de faire répandre dans tout ce que l'on écrit dans mon royaume un mépris pour tout ce qui a été réformateur, et je ne perds pas la plus petite occasion de développer les vues ambitieuses de la cour de Rome, des prêtres et des ministres; peu à peu j'accoutumerai tous mes sujets à penser comme moi, et je les détacherai de tous les préjugés. Mais comme il faut un culte, je ferai paraître, si je vis assez, quelque homme éloquent qui en prêchera un. D'abord j'aurai l'air de vouloir le persécuter, mais peu à peu je me déclarerai son défenseur et j'embrasserai avec chaleur son système.

Ce système, si vous voulez que je vous le dise, est déjà fait. Voltaire en a composé le préambule; il prouve la nécessité de se désister de tout ce qu'on a dit jusqu'à présent sur la religion, parce qu'on n'est d'accord sur aucun point.

Il fait le portrait de chaque chef de secte avec une liberté naïve qui ressemble à la pure vérité. Il a déterré des anecdotes des papes, des évêques, des prêtres et des ministres, ce qui répand une gaieté singulière sur son ouvrage, qui est écrit d'un style si serré et si rapide qu'on n'a pas le temps de réfléchir, et, comme un orateur le plus subtil, il a l'air de la meilleure foi du monde, quand il avance les principes les plus douteux.

D'Alembert et Maupertuis ont formé le canevas de cet ouvrage, et tout est calculé avec tant de précision qu'on serait tenté de croire qu'ils ont essayé de se le démontrer à eux-mêmes avant de l'aller démontrer aux autres.

Rousseau travaille depuis quatre ans à prévenir toutes les objections.

Je me fais d'avance une fête de mortifier tous ces ministres empesés qui tenteront de nous contredire. Il y a une suite de cinquante conséquences pour chaque objet de dispute, et au moins trente réflexions sur chacun des articles de l'Ecriture sainte.

Ils sont même présentement occupés à prouver que tout ce qu'on débite aujourd'hui n'est qu'une fable, qu'il n'y a jamais eu de paradis terrestre, et que c'est dégrader Dieu que de croire qu'il a fait son semblable un franc nigaud, et sa créature la plus parfaite une franche libertine, car enfin, ajoute-t-il, il n'y a que la longueur de la queue du serpent qui ait pu séduire Eve, et dans ce cas cela prouve un désordre affreux dans l'imagination.

Le marquis d'Argens et M. Formey ont préparé un concile; je dois y présider, mais sans prétendre que le Saint-Esprit me donne un grain de lumière de plus qu'aux autres.

Il n'y aura qu'un ministre de chaque religion, et quatre députés de chaque province, dont deux de la noblesse et deux du tiers état.

Tout le reste des prêtres, moines et ministres en général seront exclus, comme gens intéressés à la chose, et, pour que le Saint-Esprit paraisse mieux présider à cette assemblée, on conviendra de décider tout bonnement selon le sens commun.

———o———

TROISIÈME MATINÉE

————

De la Justice

Nous ne devons que la justice qui nous est profitable. — Comme j'ai accoutré la justice prussienne.

Nous devons à nos sujets la justice, comme ils nous doivent le respect.

C'est une chose convenue.

J'entends par là, mon cher neveu, qu'il faut rendre la justice aux hommes, et surtout à nos sujets, lorsqu'elle ne renverse pas nos droits ou qu'elle ne blesse pas notre autorité; car il ne doit y avoir aucune égalité entre le droit du monarque et le droit du sujet ou de l'esclave; mais il faut être juste et ferme, lorsqu'il est question de juger et d'établir le droit entre un sujet quelconque et un autre sujet.

C'est un acte qui seul peut nous faire adorer. Mais il faut bien prendre garde de nous laisser guider par la justice.

Représentons-nous, mon cher neveu, Charles Ier conduit sur l'échafaud par cette justice que le peuple implore et réclame à grands cris.

Je suis né trop ambitieux pour vouloir qu'il y ait quelque ordre dans mes Etats qui me gêne, et c'est très certainement ce qui m'a obligé uniquement à faire un nouveau code.

Je sais bien que je l'ai mise, la bonne dame, en pet-en-l'air, mais je craignais ses yeux, parce que je connais le poids qu'elle a parmi le peuple, et je savais que les princes adroits, en satisfaisant leur ambition, peuvent souvent se faire adorer. La plus grande partie de mes sujets a cru que j'étais touché des malheurs qu'entraîne après soi la chicane.

Hélas! je vous l'avoue, et j'en rougis, que, bien loin de l'avoir en vue, je regrette les petits avantages qu'elle me procurait, car les droits établis sur la procédure et sur le papier timbré ont diminué mes revenus de près de 500.000 livres.

Ne nous laissons donc pas éblouir, mon cher neveu, par ce mot de justice; car c'est un mot qui a différents rapports et qui peut être expliqué de différentes manières.

Voici le sens que je lui donne: la justice est l'image de Dieu. Qui peut donc atteindre à une si haute perfection? N'est-on pas même raisonnable, quand on se désiste du projet insensé de la posséder entièrement? Voyez tous les pays du monde et examinez bien si on la rend dans deux royaumes de la même façon; consultez après cela les principes qui conduisent les hommes, et voyez s'ils s'accordent.

Qu'y a-t-il donc d'extraordinaire qu'un homme veuille être juste à sa manière? Quand j'ai voulu jeter les yeux sur tous les tribunaux de mon royaume, j'ai trouvé une armée immense de légistes, tous censés honnêtes gens, mais tous soupçonnés de ne le pas être.

Chaque tribunal avait son supérieur, moi-même j'avais le mien, car on formait opposition aux jugements donnés par mon conseil; je ne m'en fâchais pas parce que c'était un usage.

En examinant les progrès que la justice faisait dans mes Etats, ou, pour mieux dire, en voyant chaque jour la chicane s'accroître et s'emparer de tous les biens de mes sujets, je fus effrayé de ces tortueux et immenses labyrinthes où se perdaient et s'engloutissaient tout vivants des milliers de mes sujets, je fus effrayé de voir que dans un siècle la dixième partie de mes sujets s'étaient enrôlés sous ses drapeaux, et en calculant ce qu'il en coûtait pour faire vivre ces légions, je tremblai lorsque je vis que la dixième partie des revenus de mon royaume passait entre leurs mains; mais ce qui me donnait le plus d'inquiétude, c'était cette marche, sûre et constante, qu'ont les gens de loi, cet esprit de liberté inséparable de leurs principes, et cette façon adroite de conserver leurs avantages et d'écraser leurs ennemis par l'apparence de l'équité la plus sévère.

Je repassais dans ma mémoire tous ces actes pleins de vigueur, mais souvent bien bizarres, du parlement d'Angleterre et de celui de Paris, et, si j'admirais souvent, j'étais quelquefois bien honteux pour la majesté du trône. C'est au milieu de toutes ces réflexions que je me déterminai à saper le fondement de cette grande puissance, et ce n'est qu'en la simplifiant le plus que j'ai pu que je l'ai réduite au point où je la désirais.

———o———

QUATRIÈME MATINÉE

De la Politique.

COMME parmi les hommes on est convenu que duper son semblable était une action lâche et criminelle, on a été chercher un terme qui adoucit la chose, et c'est le mot de Politique qu'on a choisi. Infailliblement ce mot ne l'a été qu'en faveur des souverains, parce que décemment on ne peut nous traiter de coquins ni de fripons.

Quoi qu'il en soit, voici au vrai ce que je pense sur la politique: *qu'il faut toujours chercher à duper les autres; c'est le moyen d'avoir de l'avantage, ou au moins de se trouver au pair.*

Car soyez bien persuadé que tous les Etats du monde courent la même carrière.

Or, ce principe posé, ne rougissez pas de faire des alliances dans la vue d'en tirer vous seul tout l'avantage. Ne faites point la faute grossière de ne pas les abandonner, quand vous croirez qu'il y a de votre intérêt, et surtout soutenez vivement cette maxime, *que dépouiller ses voisins, c'est leur ôter les moyens de nuire.*

La politique, à proprement parler, construit et conserve les royaumes; ainsi, mon cher neveu, il la faut bien entendre, et la concevoir dans le plus grand jour; pour cet effet, nous l'allons diviser en politique d'Etat et en politique particulière. La première ne regarde que les grands intérêts du royaume, la seconde les intérêts particuliers du prince.

DE LA POLITIQUE PARTICULIÈRE

Un prince ne doit jamais se montrer que du bon côté, et c'est à quoi il faut vous appliquer sérieusement. Quand j'étais prince royal, j'étais fort peu militaire; j'aimais mes commodités, la bonne chère, le vin, et j'étais à deux mains pour l'amour.

Quand je fus roi, je parus soldat, philosophe et poète; je couchai sur la paille, je mangeai du pain de munition à la tête de mon camp; je bus fort peu devant mes sujets, et je parus mépriser les femmes.

Voici comme je me conduis dans toutes mes actions.

Dans mes voyages, je marche toujours sans gardes, et je vais nuit et jour; ma suite est très peu nombreuse, mais bien choisie; ma voiture est toute unie, elle est en revanche bien suspendue, et j'y dors aussi bien que dans mon lit; je parais faire peu d'attention à la façon de vivre: un laquais, un cuisinier, un pâtissier, sont tout l'équipage de ma bouche; j'ordonne moi-même mon dîner, et ce n'est pas ce que je fais de plus mal, parce que je connais le pays, et que je demande, soit en gibier, poisson et viande de boucherie, ce qu'il produit de meilleur.

Quand j'arrive dans un endroit, j'ai toujours l'air fatigué et je me montre au peuple avec un fort mauvais surtout et une perruque mal peignée.

Ce sont des riens qui font souvent une impression singulière. Je donne audience à tout le monde, excepté aux prêtres, ministres et moines; comme ces messieurs sont accoutumés à parler de loin, je les écoute de ma fenêtre, et un page les reçoit et leur fait mon compliment à la porte.

Dans tout ce que je dis, j'ai toujours l'air de ne penser qu'au bonheur de mes sujets. Je fais des questions aux nobles, aux bourgeois et aux artisans, et j'entre avec eux dans les plus grands détails. Vous avez entendu, ainsi que moi, mon cher neveu, les propos flatteurs de ces bonnes gens. Rappelez-vous celui qui disait qu'il fallait que je fusse bien bon pour me donner autant de mal après avoir fait une guerre aussi longue, et souvenez-vous de celui qui me plaignait de tout son cœur en voyant mon mauvais surtout et les petits plats qu'on servait sur ma table; le pauvre homme ne savait pas que j'avais un bon habit dessous, et croyait qu'on ne pouvait pas vivre si l'on n'avait un jambon et un quartier de veau à son dîner.

A la revue de mes troupes, avant de passer un régiment, j'ai l'attention de lire le nom de tous les officiers et de tous les sergents, et j'en retiens trois ou quatre avec les noms des compagnies où ils se trouvent. Je me fais informer exactement des petits abus qui se commettent par mes capitaines, et je permets à tous les soldats de se plaindre.

L'heure de la revue arrivée, je pars de chez moi, bientôt la populace m'entoure, je ne permets pas qu'on l'écarte, et je cause avec celui qui est le plus près de moi et qui répond le mieux.

Arrivé au régiment, je le fais manœuvrer, je passe lentement dans les rangs, et je parle à tous les capitaines; lorsque je suis vis-à-vis de ceux dont j'ai retenu les noms, je les nomme ainsi que tous les lieutenants et sergents; cela me donne un air singulier de mémoire et de réflexion.

Vous avez vu, mon cher neveu, la façon dont j'humiliai ce major qui donnait des chemises trop courtes à sa compagnie; je fis si bien qu'un des soldats eut la hardiesse d'ôter sa chemise et sa culotte.

Si un régiment manœuvre mal, j'ai une façon de le punir. J'ordonne qu'on fasse l'exercice quinze jours de plus, et je ne fais manger aucun officier avec moi. S'il manœuvre bien, je fais manger avec moi tous les capitaines et même quelques lieutenants.

En passant ainsi la revue, je connais à fond mes troupes, et quand je trouve quelque officier qui me répond avec fermeté et netteté, je le mets dans mon catalogue afin de m'en servir dans l'occasion.

Jusqu'à présent tout le monde croit que l'amour que j'ai pour mes sujets m'engage à visiter mes Etats aussi souvent qu'il m'est possible. Je laisse tout le monde dans cette idée, mais le vrai de ce motif y entre pour peu; le fait est que je suis obligé de le faire, et voici pourquoi: mon royaume est despotique, par conséquent celui qui le possède en a seul la charge; si je ne parcourais pas mes Etats, mes gouvernants se mettraient à ma place, et peu à peu se dépouilleraient des principes de l'obéissance pour n'adopter que des principes d'indépendance.

D'ailleurs, comme mes ordres ne peuvent être que fiers et absolus, ceux qui me représentent prendraient le même ton de la tyrannie; au lieu qu'en visitant de temps en temps mon royaume, je suis à portée de connaître tous les abus qu'on fait des pouvoirs que j'ai confiés, et de faire rester dans le

devoir ceux qui auraient envie de s'en écarter.
Ajoutez à ces raisons celle de faire croire à mes
sujets que je viens dans leurs foyers recevoir leurs
plaintes et calmer leurs maux.

DANS LES BELLES-LETTRES

Je fais tout ce que je puis pour me faire une
réputation dans les belles-lettres, et j'ai été plus heureux que le cardinal de Richelieu; car, Dieu merci!
je passe pour auteur; mais, entre nous, c'est une
maudite race que celle des beaux esprits! C'est un
peuple insupportable pour sa vanité, orgueilleux,
méprisant les grands, mais avide de grandeurs,
tyrans de leurs opinions, ennemis implacables, amis
inconstants, durs dans leur commerce, souvent adu-
lateurs et satiriques en un même jour. Il y a tel
poète qui refuserait mon royaume s'il était obligé
de sacrifier deux de ses beaux vers. Ce sont pourtant des hommes nécessaires à un prince qui veut
régner despotiquement et qui aime la gloire. Ils
distribuent les honneurs; sans eux on n'acquiert
aucune solide réputation. *Il faut donc les caresser
par besoin et les récompenser par politique.*

Comme c'est un métier qui nous éloigne des occu-
pations digne du trône, je ne compose que quand je
n'ai rien de mieux à faire, et, pour me donner un
peu d'aisance, j'ai à ma cour quelques beaux esprits,
qui prennent soin de rédiger mes idées. Vous avez
vu avec quelle distinction j'ai traité dans ce dernier
voyage M. d'Alembert; je l'ai toujours fait manger
avec moi, et je n'ai fait que le louer. Vous avez même
paru surpris des grandes attentions que j'avais pour
cet auteur. Vous ne savez donc pas que ce philosophe est écouté à Paris comme un oracle, qu'il ne
parle jamais que de mes talents et de mes vertus, et
qu'il soutient partout que j'ai tous les caractères
d'un véritable héros et d'un grand roi?

D'ailleurs, c'est une douceur pour moi de m'entendre louer avec esprit et délicatesse, et, à vous
dire vrai, il s'en faut bien que je sois insensible
aux louanges. Je sens bien que toutes mes actions
ne doivent pas m'en rapporter; mais d'Alembert est
si doux quand il est assis auprès de moi, qu'il n'ouvre jamais la bouche que pour dire des choses obli-
geantes.

Voltaire n'était point de ce caractère, aussi l'ai-je
chassé; je m'en suis fait un mérite près de Maupertuis, mais dans le fond je le craignais, parce que je
n'étais pas sûr de pouvoir lui faire toujours le même
bien, et que je savais parfaitement qu'un écu de
moins m'aurait attiré deux mille coups de patte.
D'ailleurs, tout bien considéré, et après avoir pris
l'avis de mon Académie, il fut décidé que deux
beaux esprits ne pouvaient jamais respirer le même
air. J'oubliais de vous dire qu'au milieu de mes
plus grands malheurs j'ai eu soin de faire payer
aux beaux esprits leur pension. Ces philosophes font
de la guerre la folie la plus affreuse aussitôt qu'elle
touche à leur bourse.

DANS LE PETIT DÉTAIL

Voulez-vous apprendre à contenter tout le monde
à peu de frais? Voici le secret:

Qu'il soit permis à tous vos sujets de vous écrire
directement et de vous parler, et lorsqu'on le fera,
répondez ou écoutez, mais voici le style dont il
faut que vous fassiez usage:

« Si ce que vous me marquez est vrai, je vous
rendrai justice; mais comptez aussi sur le zèle que
j'ai à punir la calomnie et le mensonge. Je suis
votre roi Frédéric. »

Si l'on vient pour se plaindre, écoutez avec attention ou d'un air qui en suppose; que votre réponse
soit ferme et laconique. Deux lettres dans ce goût,
et deux réponses faites ainsi vous éviteront l'ennui
des plaintes et vous donneront dans vos Etats, et
plus encore dans les cours étrangères, un air de
simplicité et de détail qui fait la réputation des rois.
Je sais, mon cher neveu, que pour deux pareilles
lettres qui existaient dans le pays, que les Français
ont pris en 1757, j'ai passé chez eux pour le roi le
plus populaire et le plus équitable.

DANS L'HABILLEMENT

Si mon grand-père avait vécu vingt ans de plus,
nous étions perdus, parce que jour de ma nais-
sance aurait mangé le royaume. Je ne porte jamais
que mon habit d'uniforme. Le militaire croit que
c'est pour le cas que je fais de son état; je le laisse
dans cette idée, mais, dans le fait, c'est pour prêcher
d'exemple. Mon père a très bien imaginé l'habit bleu
pour les galas. Quand on n'est pas riche et qu'on
veut se bien mettre, il faut éviter les demi-galons.
Il faut laisser la broderie et ces placards d'or et
d'argent aux princes oisifs, mous, qui ne vivent que
dans les plaisirs, le bal et la débauche. C'est une nécessité pour les hommes frivoles de s'étudier à se
parer tous les jours d'un goût nouveau et recherché
pour plaire aux femmes dont ils font leur unique
occupation.

DANS LES PLAISIRS

L'amour est un dieu qui ne pardonne à personne;
quand on résiste aux traits qu'il lance de bonne
guerre, il se retourne: ainsi, croyez-moi, n'ayez pas
la vanité de lui faire tête, il vous attraperait toujours; quoique je n'aie pas à me plaindre du tour
qu'il m'a joué, je vous conseille de ne pas suivre
mon exemple; cela pourrait par la suite avoir de
grandes conséquences; car peu à peu vos gouverneurs et vos officiers recruteraient plus pour leurs
plaisirs que pour votre gloire, et finalement votre
armée serait comme le régiment de mon oncle Henri.

J'aurais aimé la chasse, mais le compte du grand
veneur de votre bisaïeul m'en corrigea. Mon père
m'a dit cent fois qu'il n'y avait que deux rois en
Europe qui fussent assez riches pour forcer des
cerfs, parce qu'il est indécent de chasser en gentilhomme quand on a une couronne sur la tête.

La nature m'a donné des penchants doux: j'aime
la bonne chère, le vin, le café et les liqueurs; cependant mes sujets croient que je suis le roi du Nord
le plus sobre; quand je mange en public, mon cuisinier allemand fait le dîner; je bois de la bière et
deux ou trois verres de vin; quand je suis dans mes
petits appartements, mon cuisinier français fait
tout ce qu'il peut pour me contenter, et j'avoue que
je suis un peu difficile; je suis près de mon lit, et
c'est ce qui me rassure sur tout ce que je bois.

Les philosophes ont beau dire, les sens méritent
bien qu'on leur donne deux heures par jour, car
dans le fait, que serait notre existence sans eux?

Je joue avec plaisir, mais je n'ai pu m'accoutumer à perdre; d'ailleurs le jeu est le miroir de l'âme, ce qui ne fait pas tout à fait mon compte, parce que je ne suis pas curieux qu'on lise dans la mienne.

Ainsi, mon cher neveu, examinez-vous bien, et si vous n'avez pas un penchant décidé pour le gain, vous pouvez jouer.

J'aime beaucoup le spectacle et surtout la musique; mais je trouve qu'un opéra est bien cher, et le plaisir que je goûte à entendre une belle voix ou un bon violon serait bien plus vif, s'il ne coûtait pas tant d'argent. Comme personne ne se fait illusion sur cette dépense, j'ai fait tous mes efforts pour persuader qu'elle était utile et nécessaire; mais les généraux n'ont jamais voulu convenir qu'une chanteuse ou un virtuose dût avoir les mêmes appointements qu'eux.

Je vous fais connaître ici, mon cher neveu, l'homme à mes dépens; croyez qu'il est toujours livré à ses passions, que l'amour-propre fait sa gloire et que toutes ses vertus ne sont appuyées que sur son intérêt et sur son ambition; *voulez-vous passer pour héros, approchez hardiment du crime; voulez-vous passer pour sage, contrefaites-vous avec art.*

―――――――――

CINQUIÈME MATINÉE

―――――――――

De la Politique d'Etat

LA politique d'Etat se réduit à trois principes: le premier, à se conserver et, suivant les circonstances, à s'agrandir; le second, à ne s'allier que pour son avantage, et le troisième, à se faire craindre et respecter dans les temps même les plus fâcheux.

PREMIER PRINCIPE

En montant sur le trône, je visitai les coffres de mon père; sa grande économie me mit dans le cas de concevoir de grands projets; quelque temps après, je fis la revue de mes troupes, je les trouvai superbes; après cette revue, je retournai à mes coffres, et j'en tirai de quoi doubler mon militaire. Comme je venais de doubler ma puissance, il était naturel que je ne me bornasse pas à conserver ce que j'avais; ainsi je fus bientôt décidé à profiter de la première occasion qui se présenterait.

En attendant j'exerçai bien mes troupes, et je fis tous mes efforts pour que toute l'Europe eût les yeux attachés sur mes manœuvres; je les renouvelai chaque année, afin de paraître plus savant, et finalement je parvins à mon but.

Je tournai la tête à toutes les puissances; tout le monde se crut perdu, si l'on ne savait pas remuer les bras, les pieds et la tête à la prussienne. Et tous mes soldats et mes officiers crurent valoir deux fois plus, quand ils virent qu'on les imitait partout.

Lorsque mes troupes eurent ainsi acquis un avantage sur toutes les autres, je ne fus plus occupé qu'à examiner les prétentions que je pouvais former sur différentes provinces.

Quatre points principaux s'offraient à mes yeux: la Silésie, la Prusse polonaise, la Gueldre hollandaise et la Poméranie suédoise.

Je me fixai à la Silésie, parce que cet objet méritait plus que tous les autres mon attention et que les circonstances m'étaient plus favorables. Je laissai au temps le soin d'exécuter mes projets sur les autres points.

Je ne vous démontrerai pas la validité de mes prétentions sur cette province; *je les ai fait établir par mes orateurs.* L'impératrice-reine les a fait combattre par les siens, et nous avons fini le procès à coups de canon, de sabre et de fusil.

Mais, pour revenir aux circonstances, voici comme elles se présentèrent: la France voulait ôter l'Empire à la maison d'Autriche, je ne demandais pas mieux; la France voulait faire en Italie un Etat à l'Infant, j'en étais charmé, parce qu'on ne pouvait le faire qu'aux dépens de la reine; la France enfin conçut le noble projet d'aller aux portes de Vienne; c'est où je l'attendais pour m'emparer de la Silésie.

Ayez donc, mon cher neveu, de l'argent; donnez un air de supériorité à vos troupes, *attendez les circonstances, et vous serez assuré, non pas de conserver vos Etats, mais de les agrandir.*

Il y a de mauvais politiques qui prétendent qu'un Etat qui est arrivé à un certain point ne doit plus penser à s'agrandir, parce que le système de l'équilibre a presque fixé à chaque puissance son coin; je conviens que l'ambition de Louis XIV faillit coûter cher à la France, et je sais toute l'inquiétude que la mienne m'a donnée; je sais aussi que la France, dans ses plus grands malheurs, donna une couronne et conserva les provinces qu'elle avait conquises, et vous venez de voir qu'au milieu de la tempête qui me menaçait, je n'ai rien perdu; ainsi tout dépend de la constance et du courage de celui qui prend.

Vous ne sauriez croire en outre, mon cher neveu, combien il est important à un roi et à un Etat de s'écarter souvent des routes ordinaires, et ce n'est que par le merveilleux qu'on en impose et qu'on se fait un nom.

L'équilibre est un mot qui a subjugué le monde entier, parce qu'on croyait qu'il assurait une possession constante; mais, dans le vrai, ce n'est qu'un mot, car l'Europe est une famille où il y a trop de mauvais frères et de mauvais parents. Je dis plus, mon cher neveu, c'est en méprisant ce système que l'on va au grand. Voyez les Anglais: ils ont enchaîné la mer; ce fier élément qui n'ose plus porter de vaisseaux qu'avec leur permission.

Il résulte de tout ceci qu'il faut toujours tenter, et être bien persuadé que tout nous convient; mais il faut seulement prendre garde de ne pas afficher avec trop de vanité ses prétentions, et surtout nourrissez deux ou trois hommes éloquents à votre cour, et laissez-leur le soin de vous justifier.

SECOND PRINCIPE

S'allier pour son avantage est une maxime d'Etat, et il n'y a pas de puissance qui soit autorisée à la négliger; de là suit cette conséquence qu'il faut rompre son alliance lorsqu'elle est préjudiciable.

Dans ma première guerre avec la reine, j'abandonnai les Français à Prague parce que je gagnai la Silésie au marché; quand je les aurais conduits jusqu'à Vienne, ils ne m'en auraient jamais donné autant. Quelques années après je renouai avec eux, parce que j'avais l'envie de tenter la conquête de la Bohême, et que je voulais me ménager cette puissance pour le besoin. J'ai négligé depuis cette nation pour me rapprocher de celle qui m'offrait le plus.

Quand la Prusse, mon cher neveu, aura fait sa fortune, elle pourra se donner un air de bonne foi et de constance, qui ne convient tout au plus qu'aux grands Etats et aux petits souverains. Je vous ai dit, mon cher neveu, que qui dit *politique* dit presque *coquinerie*, et cela est vrai.

Cependant vous trouverez sur cela des gens de bonne foi qui se sont fait de certains systèmes de probité. Ainsi vous pouvez tout hasarder avec vos ambassadeurs; j'en ai trouvé qui m'ont servi sur les toits, et qui pour découvrir un mystère auraient fouillé dans les poches d'un roi.

Attachez-vous surtout à ceux qui ont le talent de s'exprimer en termes vagues ou en phrases louches et renversées. Vous ne feriez pas même mal d'avoir des médecins et des serruriers politiques; ils pourraient quelquefois vous être d'une grande utilité. Je connais par expérience tous les avantages qu'on peut en tirer.

TROISIÈME PRINCIPE

Se faire craindre et respecter de ses voisins, c'est le comble de la grande politique. L'on peut parvenir à son but par deux moyens: le premier est d'avoir une force réelle, des ressources véritables; le second est de savoir bien employer ce que l'on a.

Nous ne sommes point dans le premier cas. Voilà pourquoi je n'ai rien négligé pour être dans le second.

Il y a des puissances qui s'imaginent qu'une ambassade doit se faire toujours avec grand éclat. M. de Richelieu, à Vienne, ne servit cependant qu'à donner des travers aux Français, parce que les Autrichiens crurent toute la nation aussi musquée que celui qui la représentait. Pour moi, je tiens que c'est plus dans la façon noble dont l'ambassadeur fait parler son maître que dans l'étalage de quelques équipages qu'on trouve la véritable considération. C'est pour cela que je ne veux plus avoir d'ambassadeurs, mais bien des envoyés. D'abord le premier poste est très difficile à remplir, parce qu'il faut un homme de très grande considération, très riche et qui entende parfaitement la politique; au lieu que, pour celui d'envoyé, le dernier avantage suffit.

En adoptant ce système, vous épargnerez chaque année des sommes considérables, et vous n'en ferez pas moins vos affaires. Il y a cependant des occasions, mon cher neveu, où il faut représenter avec magnificence, comme lorsqu'il est question de faire une alliance, ou de s'unir par le sang; mais ces ambassadeurs doivent toujours être regardés comme extraordinaires.

Pour imposer à ses voisins, jetez dans vos actions le plus d'éclat que vous pourrez, et surtout que personne n'écrive dans votre royaume que pour louer ce que vous ferez. Ne demandez jamais faiblement, paraissez plutôt exiger.

Si l'on vous manque, réservez votre vengeance jusqu'au moment où vous pourrez avoir une satisfaction des plus complètes, et surtout ne craignez pas les représailles, votre gloire n'en souffrira pas: tant pis pour vos sujets, sur qui cela tombera.

Mais voici le vrai point: il faut que tous vos voisins soient bien persuadés que vous ne doutez de rien, et que rien en peut vous étonner; tâchez surtout de passer dans leurs esprits pour une tête dangereuse, qui ne connaît d'autre principe que celui qui conduit à la gloire; faites aussi en sorte qu'ils soient bien convaincus que vous aimeriez mieux perdre deux royaumes que de ne pas jouer un rôle dans la postérité.

Comme ces sentiments demandent des âmes peu communes, ils frappent, ils étourdissent la plupart des hommes, et c'est, au vrai, ce qui constitue dans le monde les plus grands monarques.

Quand un étranger viendra à votre cour, comblez-le d'honnêtetés, et surtout tâchez de l'avoir toujours auprès de vous. C'est le moyen sûr de lui cacher les vices du gouvernemnt.

Si c'est un militaire, faites manœuvrer devant lui le régiment des gardes, et que ce soit vous qui le commandiez; si c'est un bel esprit qui ait composé un ouvrage, qu'il l'aperçoive sur votre table, et parlez-lui de ses talents; si c'est un commerçant, parlez-lui avec bonté, caressez-le, tâchez de le fixer chez vous.

COMMENT VOLTAIRE S'ENFUIT DE POTSDAM

AVANT-PROPOS

Dégoûté, écœuré, regrettant ses amis, Voltaire écrit bientôt qu'il « préfère d'être à son aise avec ses paperasses, aux soupers des rois, et à ce qu'on appelle honneur et fortune. » Et il ajoute: « Il s'agit d'être content, d'être tranquille; le reste est chimère. » Il s'intitule le « Solitaire de Potsdam, » car son âme française se sent en perpétuelle désharmonie avec cette âme prussienne, si froide et si dure, avec la race hypocrite et perfide que personnifie le roi. Et il ne songe plus qu'au moyen de partir, de s'échapper de sa cage. L'histoire de sa fuite est une odyssée. Il l'a racontée en détail dans les lettres que nous donnons ci-après et qui complètent le tableau si réaliste que Voltaire nous a laissé de la Cour de Prusse.

HYPOCRISIE PRUSSIENNE

dame Denis

A Berlin, le 2 septembre.

J'AI encore le temps, ma chère enfant, de vous envoyer un nouveau paquet. Vous y trouverez une lettre de La Mettrie pour M. le maréchal de Richelieu; il implore sa protection. Tout lecteur qu'il est du roi de Prusse, il brûle de retourner en France. Cet homme si gai, et qui passe pour rire de tout, pleure quelquefois comme un enfant d'être ici. Il me conjure d'engager M. de Richelieu à lui obtenir sa grâce. En vérité, il ne faut jurer de rien sur l'apparence.

La Mettrie, dans ses préfaces, vante son extrême félicité d'être auprès d'un grand roi qui lui dit quelquefois ses vers, et en secret il pleure avec moi. Il voudrait s'en retourner à pied; mais moi!... pourquoi suis-je ici? Je vais bien vous étonner,

Ce La Mettrie est un homme sans conséquence, qui cause familièrement avec le roi, après la lecture. Il me parle avec confiance; il m'a juré que, en parlant au roi, ces jours passés, de ma prétendue faveur et de la petite jalousie qu'elle excite, le roi lui avait répondu: « J'aurai besoin de lui encore un an tout au plus; on presse l'orange, et on en jette l'écorce. »

Je me suis fait répéter ces douces paroles; j'ai redoublé mes interrogations; il a redoublé ses serments.

Le croirez-vous? dois-je le croire? cela est-il possible?

Quoi! après seize ans de bontés, d'offres, de promesses; après la lettre qu'il a voulu que vous gardassiez comme un gage inviolable de sa parole! Et dans quel temps encore, s'il vous plaît? dans le temps que je lui sacrifie tout pour le servir, que non-seulement je corrige ses ouvrages, mais que je lui fais à la marge une rhétorique, une poétique suivie, composée de toutes les réflexions que je fais sur les propriétés de notre langue, à l'occasion des petites fautes que je peux remarquer; ne cherchant qu'à aider son génie, qu'à l'éclairer, et qu'à le mettre en état de se passer en effet de mes soins!

Vous imaginez bien quelles réflexions, quel retour, quel embarras, et, pour tout dire, quel chagrin l'aveu de La Mettrie fait naître. Vous m'allez dire: Partez; moi, je ne peux pas dire: Partons. Quand on a commencé quelque chose, il faut le finir; et j'ai deux éditions sur les bras, et des engagements pris pour quelques mois. Je suis en presse de tous les côtés. Que faire? Ignorer que La Mettrie m'ait parlé, ne me confier qu'à vous, tout oublier, et attendre. Vous serez sûrement ma consolation. Je ne dirai point de vous: Elle m'a trompé en me jurant qu'elle m'aimait. Quand vous seriez reine, vous seriez sincère.

Mandez-moi, je vous en prie, tout au long, tout ce que vous pensez par le premier courrier qu'on dépêchera à milord Tyrconnell.

Situation difficile.

A Madame Denis

A Potsdam, le 24 juillet.

Vous avez la plus grande raison, vous et vos amis, de presser mon retour; mais vous ne m'en avez toujours pressé par des courriers extraordinaires, et ce qu'on mande par la poste est bientôt su. Quand il n'y aurait que ce malheur-là dans l'absence (et il y en a tant d'autres!), il faudrait ne jamais quitter sa famille et ses amis. L'établissement des postes est une belle chose, mais c'est pour les lettres de change. Le cœur n'y trouve pas son compte; il n'est plus permis de s'ouvrir dès qu'on est éloigné.

La plus grande des consolations est interdite; je ne vous écris plus, ma chère enfant, que par des voies sûres, qui sont rares (1).

Voici mon état: Maupertuis a fait discrètement courir le bruit que je trouvais les ouvrages du roi fort mauvais; il m'accuse de conspirer contre une puissance dangereuse, qui est l'amour-propre; il débite sourdement que le roi m'ayant envoyé de ses vers à corriger, j'avais répondu: « Ne se lassera-t-il point de m'envoyer son linge sale à blanchir? » Il tient cet étrange discours à l'oreille de dix ou douze personnes, en leur recommandant bien à toutes le secret. Enfin je crois m'apercevoir que le roi a été à la fin dans la confidence. Je ne fais que m'en douter; je ne peux m'éclaircir. Ce n'est pas là une situation bien agréable...

Un dictionnaire à l'usage des rois.

A Madame Denis

A Berlin, le 18 décembre.

Je vous envoie, ma chère enfant, les deux contrats du duc de Wurtemberg: c'est une petite fortune assurée pour votre vie. J'y joins mon testament. Ce n'est pas que je croie à votre ancienne prédiction que le roi de Prusse me *ferait mourir de chagrin*. Je ne me sens pas d'humeur à mourir d'une si sotte mort; mais la nature me fait beaucoup plus de mal que lui, et il faut toujours avoir son paquet prêt et le pied à l'étrier, pour voyager dans cet autre monde où, quelque chose qui arrive, les rois n'ont pas grand crédit.

(1) Frédéric ouvrait toutes les lettres de Voltaire et de Mme Denis.

Comme je n'ai pas dans ce monde-ci cent cinquante mille moustaches à mon service, je ne prétends point du tout faire la guerre. Je ne songe qu'à déserter honnêtement, à prendre soin de ma santé, à vous revoir, à oublier ce rêve de trois années.

Je vois bien qu'*on a pressé l'orange; il faut penser à sauver l'écorce.* Je vais me faire, pour mon instruction, un petit dictionnaire à l'usage des rois.

Mon ami signifie *mon esclave.*

Mon cher ami veut dire *vous m'êtes plus qu'indifférent.*

Entendez par *je vous rendrai heureux: je vous souffrirai tant que j'aurai besoin de vous.*

Soupez avec moi ce soir signifie *je me moquerai de vous ce soir.*

Le dictionnaire peut être long; c'est un article à mettre dans l'*Encyclopédie.*

Sérieusement, cela serre le cœur. Tout ce que j'ai vu est-il possible? Se plaire à mettre mal ensemble ceux qui vivent ensemble avec lui! Dire à un homme les choses les plus tendres, et écrire contre lui des brochures! et quelles brochures! Arracher un homme à sa patrie par des promesses les plus sacrées, et le maltraiter avec la malice la plus noire! Que de contrastes! Et c'est là l'homme qui m'écrivait tant de choses philosophiques, et que j'ai cru philosophe! Et je l'ai appelé le *Salomon du Nord!*

Vous vous souvenez de cette belle lettre qui ne vous a jamais rassurée. « *Vous êtes philosophe*, disait-il, *je le suis de même.* » Ma foi, sire, nous ne le sommes ni l'un ni l'autre.

Ma chère enfant, je ne me croirai tel que quand je serai avec mes pénates et avec vous. L'embarras est de sortir d'ici. Je ne peux demander de congé qu'en considération de ma santé. Il n'y a pas moyen de dire: « Je vais à Plombières », au mois de décembre.

Il y a ici une espèce de ministre du saint Evangile, nommé Pérard, né comme moi en France; il demandait permission d'aller à Paris pour ses affaires: le roi lui fit répondre qu'il connaissait mieux ses affaires que lui-même, et qu'il n'avait nul besoin d'aller à Paris.

Ma chère enfant, quand je considère un peu en détail tout ce qui se passe ici, je finis par conclure que cela n'est pas vrai, que cela est impossible, qu'on se trompe, que la chose est arrivée à Syracuse, il y a quelque trois mille ans.

Ce qui est bien vrai, c'est que je vous aime de tout mon cœur, et que vous faites ma consolation.

La rupture.

A M. le Chevalier de La Touche

2 janvier 1753.

A vous seul. Voici, monsieur, une aventure que je vous confie avec le secret qu'on me recommande et avec un abandonnement entier à votre protection et à vos conseils. J'ai renvoyé au roi ma clef, mon ordre et ma pension, à trois heures et demie. Il m'a envoyé Frédersdorf à quatre heures me dire de ne rien faire, qu'il réparerait tout, et que je lui écrivisse une autre lettre.

Je lui ai écrit, mais sans démentir la première, et je ne prendrai aucune résolution sans vos bontés et sans vos conseils. Comme j'ai eu l'honneur de vous prendre à témoin de mes sentiments dans ma première lettre, et que le roi sait que, selon mon devoir, je vous ai confié mes démarches, ce sera à vous à être arbitre; vous êtes actuellement un ministre de paix; on la propose: dictez les conditions. Je ne peux sortir, je ne peux que vous renouveler ma respectueuse reconnaissance. V.

On parle de souper; je ne peux être assez hardi, si vous n'y êtes pour me seconder. Moi, souper!

Demande de congé.

A Madame Denis

A Berlin, le 13 janvier.

'AI renvoyé au *Salomon du Nord*, pour ses étrennes, les grelots et la marotte qu'il m'avait donnés, et que vous m'avez tant reprochés. Je lui ai écrit une lettre très respectueuse, car je lui ai demandé mon congé. Savez-vous ce qu'il a fait? Il m'a envoyé son grand factotum de Frédersdorf, qui m'a rapporté mes brimborions. Il m'a écrit qu'il aimait mieux vivre avec moi qu'avec Maupertuis. Ce qui est bien certain, c'est que je ne veux vivre ni avec l'un ni avec l'autre.

Je sais qu'il est difficile de sortir d'ici; mais il y a encore des hippogriffes pour s'échapper de chez Mme *Alcine*. Je veux partir absolument: c'est tout ce que je peux vous dire, ma chère enfant. Il y a trois ans bientôt que je le dis, et que je devrais l'avoir fait. J'ai déclaré à Frédersdorf que ma santé ne me permettait pas plus longtemps un climat si dangereux.

Adieu; faites du paquet ci-joint l'usage que votre amitié et votre prudence vous dicteront.

Le pauvre Dubordier doit être à présent chez moi, à Paris. Sa destinée est bien cruelle. Il y a des gens devant qui on n'ose pas se dire malheureux. Cet homme est demandé à Berlin; il y arrive en poste. Il embarque sur un vaisseau sa femme, son fils unique, et sa fortune. Le vaisseau périt à la rade de Hambourg. Dubordier se trouve à Berlin sans ressource. On se sert de ses dessins; on ne l'emploie point, et on le renvoie sans même lui donner l'aumône. Logez-le, nourrissez-le. Qu'il raccommode mon cabinet de physique.

Vous verrez dans le paquet qu'il vous apporte des choses qui font frémir, faites comme moi, armez-vous de constance.

——o——

« J'ai ce pays en horreur ! »

A Madame Denis

A Berlin, le 15 mars.

E commence à me rétablir, ma chère enfant. J'espère que votre ancienne prédiction (1) ne sera pas tout à fait accomplie. Le roi de Prusse m'a envoyé du quinquina pendant ma maladie; ce n'est pas cela qu'il me faut: c'est mon congé. Il voulait que je retournasse à Potsdam. Je lui ai demandé la permission d'aller à Plombières; je vous donne en cent à deviner la réponse. Il m'a fait écrire par son factotum qu'il y avait des eaux excellentes à Glatz, vers la Moravie.

Voilà qui est horriblement vandale, et bien peu *Salomon*; c'est comme si on envoyait prendre les eaux en Sibérie. Que voulez-vous que je fasse? Il faut bien aller à Potsdam; alors il ne pourra me refuser mon congé. Il ne soutiendra pas le tête-à-tête d'un homme qui l'a enseigné deux ans, et dont la vie lui donnera des remords. Voilà ma dernière résolution.

Au bout du compte, quoique tout ceci ne soit pas de notre siècle, les taureaux de Phalaris et les lits de fer de Busiris ne sont plus en usage; et *Salomon minor* ne voudra être ni Busiris ni Phalaris.

J'ai ce pays-ci en horreur; mon paquet est tout fait. J'ai envoyé tous mes effets hors du Brandebourg; il ne reste guère que ma personne.

Tout ceci est unique assurément. Voici les deux *Lettres au Public*. Le roi a écrit et imprimé ces brochures; et tout Berlin dit que c'est pour faire voir qu'il peut très bien écrire sans mon petit secours. Il le peut, sans doute; il a beaucoup d'esprit. Je l'ai mis en état de se passer de moi, et le marquis d'Argens lui suffit. Mais un roi devrait chercher d'autres sujets pour exercer son génie.

Personne ne lui a dit à quel point cela le dégrade. O vérité! vous n'avez point de charge dans la maison des rois-auteurs! Mais qu'il fasse des brochures tant qu'il voudra, et qu'il ne persécute point un homme qui lui a fait tant de sacrifices.

J'ai le cœur serré de tout ce que je vois et de tout ce que j'entends.

Adieu; j'ai tant de choses à vous dire que je ne vous dis rien.

——o——

(1) Mme Denis avait prédit à Voltaire que le roi de Prusse le ferait mourir de chagrin.

L'œuvre de poésie revint le 9 juin, à l'adresse même du sieur Freytag, avec la caisse de Hambourg. Le sieur de Voltaire était évidemment en droit de partir le 20 juin. Et c'est le 20 juin que lui, sa nièce, son secrétaire, et ses gens, ont été traduits en prison de la manière ci-dessus énoncée.

Arrestation de Voltaire et de Mme Denis à Francfort.

Voltaire au roi de France.

28 juin.

SIRE, le sieur de Voltaire prend la liberté de faire savoir à Sa Majesté qu'après avoir travaillé deux ans et demi avec le roi de Prusse pour perfectionner les connaissances de ce prince dans la littérature française, il lui a remis avec respect sa clef, son cordon, et ses pensions; qu'il a annulé par écrit le contrat que Sa Majesté prussienne avait fait avec lui, promettant de le rendre dès qu'il sera maître de ses papiers, et de n'en faire aucun usage, et ne voulant d'autre récompense que celle d'aller mourir dans sa patrie. Il allait aux eaux de Plombières avec la permission de Votre Majesté. La dame Denis vint au-devant de lui à Francfort, avec un passeport.

Le nommé Dorn, commis du sieur Freytag qui se dit résident du roi de Prusse à Francfort, arrête, le 20 juin, la dame Denis, veuve d'un officier de Votre Majesté, munie de son passeport; il la traîne lui-même dans les rues avec des soldats, sans aucun ordre, sans la moindre formalité, sans le moindre prétexte, la conduit en prison, et a l'insolence de passer la nuit dans la chambre de cette dame. Elle a été trente-six heures à l'article de la mort, et n'est pas encore rétablie le 28 juin.

Pendant ce temps-là, un marchand, nommé Schmid, qui se dit conseiller du roi de Prusse, fait le même traitement au sieur de Voltaire et à son secrétaire, et s'empare sans procès-verbal de tous leurs effets. Le lendemain, Freytag et Schmid viennent signifier à leurs prisonniers qu'il doit leur en coûter cent vingt-huit écus par jour pour leur détention.

Le prétexte de cette violence et de cette rapine est un ordre que les sieurs Freytag et Schmid avaient reçu de Berlin au mois de mai, de redemander au sieur de Voltaire le livre imprimé des poésies françaises de Sa Majesté prussienne, dont Sa Majesté prussienne avait fait présent audit sieur de Voltaire.

Ce livre étant à Hambourg, le sieur de Voltaire se constitua lui-même prisonnier sur sa parole par écrit, à Francfort, le 1ᵉʳ juin, jusqu'au retour du livre; et le sieur Freytag lui signa, au nom du roi son maître, ces deux billets, l'un servant pour l'autre:

« Monsieur, sitôt le grand ballot que vous dites d'être à Hambourg ou Leipsick, qui contient l'œuvre de poëshie du roi, sera ici, et l'œuvre de poëshie rendu à moi, vous pourrez partir où bon vous semblera. »

Le sieur de Voltaire lui donna encore, pour gages, deux paquets de papiers de littérature et d'affaires de famille, et le sieur Freytag lui signa ce troisième billet:

« Je promets de rendre à M. de Voltaire deux paquets d'écriture cachetés de ses armes, sitôt que le ballot où est l'œuvre de poëshie que le roi demande sera arrivé. »

Suite de procédés prussiens.

A M. le comte de Stadion

A Mayence, le 14 juillet 1753.

SON Excellence permettra que, pour excuser auprès d'elle une démarche qui aura pu paraître indiscrète, on lui envoie le journal de ce qui s'est passé à Francfort, et de ce qu'on avait prévu.

La personne intéressée a pris la liberté de s'adresser à Son Excellence sur la réputation de sa probité et de sa vertu compatissante. Elle est très en peine de savoir si les lettres ont été reçues. Elle supplie Son Excellence de vouloir bien faire écrire si elle a reçu les paquets, et de faire adresser ce mot chez M. le comte de Bergen, à Mayence.

Voltaire présente ses profonds respects à Son Excellence.

JOURNAL

de ce qui s'est passé à Francfort-sur-Mein

François Voltaire, Parisien, et Cosimo Colini, Florentin, arrivent à Francfort le dernier mai 1753, et logent à l'auberge du Lion-d'Or.

Le 1ᵉʳ juin au matin, le sieur Freytag se fait annoncer chez le sieur de Voltaire, *Son Excellence de Prusse;* il entre avec un officier prussien et l'avocat Prücker; il demande au sieur de Voltaire les lettres qu'il peut avoir de Sa Majesté et le livre imprimé des poésies françaises de Sa Majesté, dont elle lui avait fait présent.

Le sieur de Voltaire rend toutes les lettres qu'il a, avec toute la soumission possible; mais comme le livre des poésies de Sa Majesté prussienne est encore à Hambourg dans un ballot, il se constitue prisonnier sur son serment, jusqu'à ce que le ballot soit revenu. Il écrit pour faire adresser ce ballot au sieur Freytag lui-même.

Freytag lui signe, au nom du roi son maître, deux billets, l'un valant pour l'autre, conçus en ces termes:

« Monsieur, sitôt le grand ballot sera ici, où est l'œuvre de poésie du roi que Sa Majesté demande, et l'œuvre de poésie rendu à moi, vous pourrez partir où bon vous semblera. A Francfort, 1ᵉʳ juin. FREYTAG, résident. »

Le 9 juin, Mme Denis, nièce du sieur Voltaire, fille d'un gentilhomme, et veuve d'un gentilhomme officier du roi de France, arrive à Francfort pour conduire aux eaux de Plombières son oncle, qui est mourant.

Le 17 juin, le ballot où est l'œuvre de poésie de Sa Majesté prussienne arrive au sieur Freytag.

Le 20, le sieur de Voltaire, en vertu des conventions veut aller aux bains de Weissbad, n'ayant pas la force de se transporter si loin que Plombières. Il laisse tous ses effets à Francfort, et sa nièce doit les faire emballer et le suivre.

On arrête alors le sieur de Voltaire; on le mène chez le marchand Schmid. *Ce marchand lui prend tout son argent dans ses poches, sans aucune formalité, s'empare d'une cassette pleine d'effets précieux, et de ses papiers de famille, et le fait conduire par douze soldats dans une gargote qui sert de prison.* Il fait saisir le sieur Casimo Colini, lui prend aussi son argent dans ses poches, et le fait emprisonner de même. Colini s'écrie qu'il est sujet de Sa Majesté impériale. Schmid répond qu'on ne connaît point l'empereur à Francfort, et Freytag, présent, dit au sieur de Voltaire et au sieur Cosimo que s'ils avaient osé mettre le pied sur les terres de Mayence pour se mettre en sûreté, il leur aurait fait tirer un coup de pistolet dans la tête sur les terres de Mayence.

Le même soir du 20 juin, un nommé Dorn, cidevant notaire de Francfort, cassé par sentence de la ville, et qui n'a d'autre titre que celui de copiste de Freytag, va dans l'auberge du Lion-d'Or prendre la dame Denis avec des soldats, la conduit à pied, à travers toute la populace, *la traîne évanouie dans un grenier de la prison où est enfermé son oncle, met quatre soldats à la porte de cette dame,* lui ôte sa femme de chambre et ses laquais, se fait apporter à souper dans sa chambre et y passe seul la nuit, *et a l'insolence de vouloir abuser d'elle;* elle crie et Dorn fut intimidé.

Le 21 juin, les prisonniers font présenter requête au magistrat de Francfort; le magistrat demande à Schmid le marchand de quel droit il traite ainsi des étrangers qui voyagent avec des passeports du roi de France.

Il répond que c'est au nom du roi de Prusse; qu'à la vérité ils n'ont point d'ordre, mais qu'ils en recevront incessamment. C'est sur cette seule attente de ces ordres que Schmid fonde de telles violences, et il s'en rend caution sur tous ses biens comme bourgeois de Francfort, par un acte qui doit être au greffe de la ville, et dont le sieur de Voltaire a demandé en vain copie.

Mme Denis écrit au roi de Prusse, le 22, un détail de ces violences atroces du droit des gens.

Cependant, Schmid, Freytag et Dorn, viennent dans la prison, signifient aux prisonniers qu'ils doivent payer 128 écus d'Allemagne par jour pour leur détention, et leur présentent un écrit signé par lequel les prisonniers jureront de ne parler jamais de ce qui s'est passé.

Dorn leur donne aussi une requête allemande à présenter à Leurs Excellences Freytag et Schmid; moyennant quoi, dit-il, ils seront élargis. Il reçoit deux carolins ou environ pour cette requête; elle est déposée au greffe de la ville.

Les prisonniers présentent requête au magistrat. La dame est élargie le 25; le sieur de Voltaire reste prisonnier avec des soldats.

Le 5 juillet, la dame Denis reçoit la réponse au nom du roi de Prusse par l'abbé Prades. La lettre contient: *« que la dame Denis n'a jamais dû être arrêtée, et que le sieur Freytag a seulement eu ordre de redemander au sieur de Voltaire les poésies imprimées de Sa Majesté, et de le laisser partir. »*

Le 6 juillet, Freytag et Schmid, sans rendre aucune raison, consentent que le sieur de Voltaire soit élargi; et le magistrat alors lui ôte ses soldats, avec la permission de Schmid.

Le 7 au matin, le nommé Dorn ose revenir chez la dame Denis et le sieur Voltaire, feignant de rapporter une partie de l'argent que le sieur Schmid avait volé dans les poches du sieur de Voltaire et du sieur Colini; puis il va au conseil de la ville faire rapport qu'il a vu passer le sieur de Voltaire avec un pistolet, et prendre ce prétexte pour que Schmid et lui gardent l'argent. Deux notaires jurés, qui étaient présents, ont beau déposer sous serment que ce pistolet n'avait ni poudre, ni plomb, ni pierre, qu'on le portait pour le faire raccommoder; en vain trois témoins déposent la même chose.

Le sieur de Voltaire est forcé de sortir de Francfort avec sa nièce et le sieur Colini, tous trois volés et accablés de frais, obligés d'emprunter de l'argent pour continuer leur route. *On a volé au sieur de Voltaire papiers, bagues, un sac de carolins, un sac de louis d'or, et jusqu'à une paire de ciseaux d'or et de boucles de souliers.*

La ville de Francfort n'a point été surprise de ces horreurs. Elle sait que le nommé Freytag, soi-disant ministre du roi de Prusse, est un fugitif de Hanau, condamné à la brouette à Dresde, et qui a reçu publiquement des coups de bâton à Francfort par le comte de Wasco, colonel au service de Sa Majesté impériale, auquel il avait volé six cents ducats: il a eu vingt aventures publiques pareilles.

Le nommé Schmid a été condamné à une amende de quarante mille francs par une commission de Sa Majesté impériale, pour avoir rogné des ducats; et son commis, pendu à Bruxelles pour avoir payé en espèces rognées.

Le nommé Dorn est actuellement cassé par sentence de la ville de Francfort.

Voilà les faits dont il faut du moins qu'on soit instruit, avant qu'on puisse se mettre sous la protection des lois et agir en justice.

Kulture royale.

De Frédéric II au baron de Freytag

A Potsdam, ce 31 juillet 1753.

J'AI encore reçu une lettre de Voltaire, dans laquelle il me demande que je lui fasse rendre les effets qu'on lui retint lorsqu'on l'arrêta. Je vous ai déjà donné des ordres là-dessus. Ne manquez, dès ma lettre reçue, de le satisfaire làdessus, et quant aux frais, qu'il ne veut peut-être pas payer, il n'est pas nécessaire pour cela de lui retenir le tout; *ne gardez que ce qu'il faudra pour les payer, et rendez-lui le reste.*

Sur ce, je prie etc., etc.

FRÉDÉRIC.

———o———

Épilogue.

A Guillaume VIII, landgrave de Hesse-Cassel

A Schwetzingen, près de Manheim, le 4 août.

Monseigneur, Votre Altesse sérénissime m'a recommandé de lui apprendre la suite de l'aventure odieuse de Francfort. Le roi de Prusse l'a fait désavouer par son envoyé en France. Cependant le brigandage exercé par Freytag, qui se dit ministre du roi de Prusse à Francfort, n'a pas encore été réparé; les effets volés n'ont point été restitués, et on n'a point encore rendu l'argent qu'on avait pris dans nos poches. Il ne faut point de formalités pour voler, et il en faut pour restituer.

Il y a grande apparence que le conseil de la ville de Francfort ne voudra pas se couvrir d'opprobre; et on doit espérer que le roi de Prusse fera justice du malheureux qui, pour se faire valoir, d'un côté, auprès de son maître, et, de l'autre, pour dépouiller des étrangers, a commis des violences si atroces.

Il aurait peut-être fallu être sur les lieux pour obtenir une justice plus prompte. Voilà en partie pourquoi j'avais eu dessein de passer quelques semaines à Hanau; mais ma santé et les bontés de ma cour m'ont rappelé en France...

FIN

TABLE DES MATIÈRES